Goosebumps®

Goosebumps®

Goosebumps®

雞皮疙瘩 9

木偶驚魂

Night of the Living Dummy

R.L. 史坦恩（R.L.STINE）◎著

陳言襄◎譯

致台灣讀者

讀者們，請小心……

我是R・L・史坦恩，歡迎到「雞皮疙瘩」的可怕世界裡來。

你是否曾在深夜裡聽到過奇怪的嚎叫？你是否曾在黑暗中聽到腳步聲——卻根本看不到人？你是否見過神祕可怖的陰影，幽幽暗處有眼睛在窺視著你，或者身後有聲音叫你的名字？

如果是這樣，你應該了解那種奇特的發麻的感覺——那種給你一身雞皮疙瘩、被嚇呆的感覺。

在這些書裡，幽靈在閣樓上竊竊低語；膽顫心驚的孩子忽而隱形；稻草人活了，在田野裡走來走去；木偶和布娃娃也有生命，到處嚇人。

當然，這些都是磨礪心志的好玩的嚇人事。我希望你們感到害怕，同時也希望你們大笑。這都是想像出來的故事。當然，最可怕的地方在你們自己心裡。

過個害怕的一天吧！

RL Stine

雞皮疙瘩 Goosebumps

出版緣起

人生從奇幻冒險開始

城邦媒體集團首席執行長　何飛鵬

我的八到十二歲是在《三劍客》、《基度山恩仇記》、《乞丐王子》中度過的。可是現在的小孩有更新奇的玩具、電玩、漫畫，以及迪士尼樂園等。

八到十二歲，正是孩子從字數極少、以圖畫為主的繪本閱讀，跨越到漸漸以文字閱讀為主的時期。也正是訓練孩子從圖像式思考，轉變成文字思考的重要階段。在這個階段，養成長期的文字閱讀習慣，能培養孩子敘事、分析、推理的邏輯思辨能力，奠定良好的寫作實力與數理學力基礎。

然而，現在的父母擔心，大環境造成了習於圖像、不擅思考、討厭文字的一代。什麼力量能讓孩子重回閱讀的懷抱呢？

全球銷售三億五千萬冊的「雞皮疙瘩」，正是為了滿足此一年齡層的孩子的需求而誕生的！

無論是校園怪奇傳說、墓地探險、鬼屋驚魂，或是與木乃伊、外星人、幽靈、吸血鬼、殭屍、怪物、精靈、傀儡相遇過招，這些孩子們的腦袋裡經常出現的角色或想像，經由作者的生花妙筆，營造出一個個讓孩子們縱橫馳騁的魔幻時空、光怪陸離的神奇異界，經歷各種危急險難，最終卻又能安全地化險為夷。這樣的冒險犯難，無論男孩女孩，無不拍案稱奇、心怡神醉！

本系列作品被譯為三十二種語言版本，並在全球數十個國家出版，創下了出版史上多項的輝煌紀錄，廣受世界各地孩子的喜愛。作者史坦恩表示，這套作品之所以成功，是因為多年的兒童雜誌編輯工作，讓他對兒童心理和兒童閱讀需求有了深刻理解——他知道什麼能逗兒童發笑，什麼能使他們戰慄。

我們誠摯地希望臺灣的孩子也能和世界上其他的孩子一樣，有更豐富多元的閱讀選擇。更希望藉由這套融合驚險恐怖與滑稽幽默於一爐，情節緊湊又緊張的「雞皮疙瘩系列叢書」，重拾八到十二歲孩子的閱讀興趣，從而建立他們的閱讀習慣，擁有一個快樂學習的童年。

現在，我們一起繫好安全帶，放膽體驗前所未有的驚異奇航吧！

專文推薦

戰慄娛人的鬼故事

國立臺北教育大學語文與創作系兒童文學教授 廖卓成

這套書很適合愛看鬼故事的讀者。

文學的趣味不止一端，莞爾會心是趣味，熱鬧誇張是趣味，刺激驚悚也是趣味。有人擔心鬼故事助長迷信，其實古典小說中，也有志怪小說一類，《聊齋誌異》就有不少鬼故事。何況，這套書的作者開宗明義的說：「這都是想像出來的故事」，不必當眞。

既然恐怖電影可以看，看鬼故事似乎也無妨；考試的書讀久了，偶爾調劑一下，對頭腦卻是有益。當然，如果看鬼片會連續失眠，妨害日常生活，那就不宜勉強了。

雋永的文學作品，應該有深刻的內涵；但不少兒童文學作品說教有餘，趣味不足。只要有趣味，而且不是害人爲樂的惡趣，就是好的作品。鮑姆（Baum）在《綠野仙蹤》的序言裡，挑明了他寫書就是爲了娛樂讀者。

倒是內行的讀者，不妨考校一下自己的功力，留意這套書的敘事技巧，由主角「我」來講故事，有甚麼效果？書中衝突的設計與化解，是否意想不到又合情合理？能不能有不同的設計？會不會更好？這是另一種引人入勝之處。

導讀

結局只是另一場驚嚇的開始

耿一偉

臺北藝術節藝術總監

臺北藝術大學戲劇系兼任助理教授

不知道大家還記不記得，小時候玩遊戲，比如捉迷藏等，都會有一個人要當鬼。鬼在這個遊戲中很重要，沒有鬼來捉人，遊戲就不好玩。這些遊戲的關鍵特色，不是人要去消滅鬼，而是要去享受人被鬼追的刺激樂趣。所以當鬼捉到人後，不是遊戲就結束，而是下一個人要去當鬼。於是，當鬼反而是件苦差事，因爲捉人沒有樂趣，恨不得趕快找人來替代。所以遊戲不能沒有鬼，不然這個遊戲就不好玩了。

在史坦恩的「雞皮疙瘩系列」中，這些鬼所扮演的角色也是類似遊戲中的鬼，給我帶來閱讀與想像的刺激。各位讀者如果留意一下，會發現在他的小說中，都有一個類似的現象，就是結局往往不是一個對抗式的終局，一種善惡誓不兩立，以消滅魔鬼爲最終目標的故事——這比較是屬於成人恐怖片的模式，不是你死，就是人類全部變殭屍。但「雞皮疙瘩系列」中，你的雞皮疙瘩起來了，可是結尾的時候，鬼並不是死了，而是類似遊戲一樣，這些鬼換了另一種角色，而且有下一場遊戲又要繼續開始的感覺。

礙於閱讀的樂趣，我無法在此對故事結局說太多，但各位看完小說時，可以再回想我在這裡說的，就知道，「雞皮疙瘩系列」跟遊戲之間，的確有類似性。換另一個角度來看，這些主角大多為青少年，他們在生活中碰到的問題，如搬家面對新環境、男生女生的尷尬期、霸凌、友誼等，都在故事過程一一碰觸。

「雞皮疙瘩系列」令人愛不釋手的原因，也在於表面上好像主角是鬼，但讀到一半，你會感覺到，故事的重點不知不覺地從這些鬼怪轉移到那些被追的青少年身上，鬼可不可怕不是重點，重點是被追的過程中，一些青少年生活中的苦悶，也被突顯放大，甚至在故事中被解決了。所以你會在某種程度感受到，這本書的內容是在講你，在講你的生活，在講你的世界，鬼的出現，只是把這些青春期的事件給激化了。

另一個有趣的現象，是從日常生活轉入魔幻世界的關鍵點，往往發生在父母不在身邊，然後主角闖入不熟識空間的時候——比如《魔血》是主角暫住到姑婆家、《吸血鬼的鬼氣》是闖入地下室的祕道、《我的新家是鬼屋》是新家的詭異房間……等等。

因爲誤闖這些空間，奇怪的靈異事件開始打斷平凡無趣的日常軌道，一段冒險展開了，一場你追我跑的遊戲開始進行，而父母們往往對此毫無所悉，不知道自己的兒女在故事結束時，已經有所變化，變得更負責任，更勇敢。

「雞皮疙瘩系列」的意義，也在這個地方。在平凡無奇充滿壓力的青春期校園生活中，有那麼多不快樂、有那麼多鬼怪現象在生活中困擾著我們，但這無法跟家長說，因爲他們不能理解，他們看不到我們看到的。但透過閱讀，透過想像力所引發的鬼捉人遊戲，這些不滿被發洩，這些被學校所壓抑的精力被釋放了。

幸好有這些鬼怪的陪伴，日子不再那麼無聊，世界可以靠自己的力量改變。

終究，在青少年的世界裡，鬼怪並不是那麼可怕，在史坦恩的小說中，也往往會有主角最後拯救了這些鬼怪的情形，彷彿他們不是惡鬼，而比較像誤闖人類世界的外星人……這也是青少年的焦慮，他們正準備降臨成人世界，這件事讓他們起了雞皮疙瘩!!

這句英文怎麼說

挺不賴的。
Nice one.

1.

「嗯……嗯……嗯……！」

克莉絲．鮑威爾發出一陣怪聲想引起孿生姊姊的注意。

琳蒂．鮑威爾正在看書，她抬起眼瞥了一下，看看究竟是什麼情況，但她並沒有看到她妹妹那張漂亮的臉蛋，反倒瞧見一個渾圓的、和克莉絲的腦袋一般大的粉紅色泡泡。

「挺不賴的！」琳蒂不爲所動，淡淡的說著，不過話一說完，她突然以迅雷不及掩耳的動作刺向那個泡泡，頓時發出一聲巨響。

「嘿！」克莉絲驚呼一聲，只見整個粉紅色泡泡爆裂開來，黏在她的臉頰和下巴上。

琳蒂大笑著說：「上當了吧！」

克莉絲火冒三丈的將琳蒂的書搶了過來，並且順勢把書本闔上，她歡呼著：「啊哈——這下子妳找不到是在哪一頁了！」她知道她姊姊最討厭找不到正在閱讀的段落了。

琳蒂皺著眉頭將書搶了回來，克莉絲則忙著清理臉上的口香糖泡泡。

「這可是我吹過最大的泡泡耶！」她生氣的說，黏在下巴上的口香糖還沒清乾淨。

「我吹過的泡泡比妳這個大多了。」琳蒂不屑的回答。

「我眞搞不懂妳們兩個。」她們的母親口中嘟囔著，只見她一路走進她們的臥房，將一堆摺疊整齊的衣物放在克莉絲的床腳處，「妳們居然連吹泡泡糖也要比較。」

「我們不是在比較。」琳蒂喃喃說道，她把金色的馬尾撥向腦後，又專注的看起書來。

這對雙胞胎姊妹都有著一頭直順的金髮，只不過琳蒂留著長髮，通常都把頭

這句英文怎麼說

我們不是在比較。
We're not competing.

髮梳到腦後紮成馬尾，或者把馬尾斜綁在頭的一側；克莉絲則是把頭髮理得很短很短。

她們兩個在各方面都很相像。譬如說，兩人都有著寬闊的前額和一雙湛藍的圓眼睛；當她們微笑時，臉頰上都有深深的酒窩，而且都很容易臉紅，不時可以看見她們白晰的臉上泛起一片桃紅；也因此，兩人髮型的不同，就成了大家分辨她們的方法。

她們都嫌自己的鼻子寬了些，也都希望再長高一點。

琳蒂最要好的朋友愛麗絲，就足足比她們高了三吋，而她還沒滿十二歲呢。

「這樣清乾淨了嗎？」克莉絲問，她整個下巴被她搓得又紅又黏的。

「還沒有。」琳蒂抬起頭來看了一眼回答，「頭髮上還有一些。」

「噢，這下糟了！」克莉絲喃喃說道，她撥弄著頭髮，卻沒發現任何泡泡糖的痕跡。

「又上當了吧！」琳蒂笑著說：「妳實在太容易被騙了。」

克莉絲不禁氣得大叫：「妳爲什麼老是跟我過不去？」

「我？和妳過不去？」琳蒂抬起頭來睜大了眼睛，露出一副無辜的表情。「我是天使，這可是大家都知道的。」

受不了被激怒的克莉絲，轉身對著正在將短襪塞入梳妝檯抽屜裡的母親說：「媽，什麼時候我才能有自己的房間呢？」

「等到地老天荒那一天再說吧。」鮑威爾太太笑盈盈的回答。

克莉絲嘆了口氣：「妳每次都這麼說。」

她的母親聳聳肩無奈的表示，「妳應該很清楚我們家沒有多餘的空間，克莉絲。」

她說完轉身面向臥室的窗戶，只見燦爛的陽光從薄薄的窗簾透射進來。「今天天氣這麼好，妳們兩個怎麼不到外面走走呢？」

「媽，我們不是小女孩了。」琳蒂的眼珠子轉呀轉的說：「我們十二歲了，已經夠大了，不該再出門去玩了。」

「都弄掉了嗎？」克莉絲問，她還在忙著刮掉黏在下巴上的泡泡糖碎渣。

「別再摳了，那樣有助於改善妳的膚質。」琳蒂回答。

我們不是小女孩了。
We're not little girls.

「我希望妳們兩個能對彼此好一點。」鮑威爾太太嘆了口氣說。

冷不防的，樓下突然傳來一陣嘈雜的狗叫聲，「這會兒巴吉不曉得又在興奮些什麼了？」鮑威爾太太不禁感到煩躁的說。他們家那隻黑色小獵犬總是不停的狂叫，「妳們何不帶巴吉去散散步？」

「才不要。」琳蒂把整張臉埋在書本裡，嘴裡咕噥著。

「那要不要去騎那兩輛生日時送妳們的腳踏車呢？」

鮑威爾太太雙手插在腰際說：「就是當初妳們非要不可，可是真的買給妳們了，就一直停放在車庫裡的那兩輛全新的腳踏車。」

「好了！好了！媽，拜託別再挖苦我們了。」琳蒂說，她闔上書本，站起來伸伸懶腰，順手把書扔在她的床上。

「妳要去嗎？」克莉絲問琳蒂。

「去哪裡？」

「去騎腳踏車兜風啊！我們可以騎到操場上，看看有什麼人還在學校裡閒晃。」

「妳只是想去瞧瞧羅比是不是在那裡吧。」琳蒂說，同時扮了個鬼臉。

「那又怎麼樣？」克莉絲說，臉上一陣緋紅。

「去吧！去呼吸一點新鮮空氣。」鮑威爾太太催促著兩個女兒，「我要去一趟超級市場，那就待會兒見囉。」

克莉絲望著梳妝檯上的鏡子，她已經把絕大部分的泡泡糖清除掉了，於是舉起雙手往後順了順短髮。

「來吧，我們走吧，」她說，「最慢出門的是笨蛋。」說完她便衝向門口，比她姊姊搶先了半步。

她們飛快的衝出後門時，巴吉在她們身後發出一陣狂吠。午後的太陽高掛在晴朗無雲的天空中，寧靜無風的空氣顯得格外的乾燥，感覺上不像春天而比較像是夏天。

克莉絲和琳蒂都穿著背心和短褲。就在琳蒂彎身要去拉開車庫門時，她停了下來，隔壁的房子吸引了她的目光。

「妳瞧——他們已經架好牆壁了。」她指著她家後院的對面，對克莉絲說。

這句英文怎麼說

今天沒有人在工作。
No one's working today.

「那幢房子蓋得好快，快得讓人難以置信。」克莉絲說，並順著她姊姊的目光望去。

幾個建築工人在冬天的那段期間拆掉舊房子，三月時則完成了新的水泥地基。琳蒂和克莉絲曾在工人不在時偷溜進去看過，她們猜想著每個房間會怎麼配置。

如今建築物的四面牆壁搭蓋完成，看起來儼然是一幢成形的房子了。四周散置著成堆的木材、一大團紅棕色泥土、水泥塊、全套的電鋸，及各式各樣的工具和機械。

「今天沒有人在工作。」琳蒂說。

她們朝著那幢新房子前進。「依妳看會是什麼樣的人搬進來呢？」克莉絲心裡不禁感到好奇，「說不定是和我們年紀相仿的帥哥，也說不定是一對很好看的雙胞胎兄弟。」

「噁心！」琳蒂做出一副嫌惡的表情，「雙胞胎兄弟？虧妳想得出來，真不敢相信我們居然是同父母生的。」

克莉絲早就習慣琳蒂的冷嘲熱諷了，兩個女孩對自己擁有孿生姊妹這件事，同時存在著一種既歡喜又厭惡的心情。這是因爲她們必須一起分享所有的事物——她們的外表、衣服、房間——相較於大多數的姊妹們，她們的關係顯得格外密切。

也正因爲她們太像對方了，所以很多時候也會處心積慮的讓對方感到難堪。

「現在這附近不見人影，我們一起去看看這幢新房子吧！」琳蒂說。

克莉絲尾隨著琳蒂穿過庭院，一隻松鼠停在粗大的楓樹樹幹上，頗有戒心的注視著她們。

她們從分隔兩個庭院的矮灌木叢的缺口處穿過去，一路經過成堆的木材和堆成小山般的泥土，然後爬上了水泥門階。

一張厚重的塑膠布固定在前門的入口處，克莉絲拉起塑膠布的一角，她們便潛入了房屋中。

屋子裡陰涼而昏暗，還有一股清新的木材氣味，灰泥建造的牆壁已經完成，不過還沒有漆上油漆。

這句英文怎麼說

這個客廳比我們家的還大。
This is bigger than our living room.

「小心點！」琳蒂警告著說，「有釘子。」她指著散布在地板上的大鐵釘，「萬一不小心踩到，可能會感染破傷風而死於非命。」

「妳是在詛咒我嗎？」克莉絲說。

「我可不要妳死。」她竊笑著回答。「只要得破傷風就行了。」

「我就知道！」克莉絲以譏諷的口吻說。「這裡應該是客廳。」她說著，小心翼翼的穿過前面的房間來到一處緊鄰著內牆的壁爐。

「教堂式的天花板。」琳蒂說，抬頭仰望著頭頂上方在黑暗中隱約露出的木頭橫樑，「眞棒。」

「這個客廳比我們家的還大耶。」克莉絲說著，然後凝望著大型觀景窗外的街道。

「這種氣味聞起來眞好。」琳蒂說，隨即深深的吸了口氣，「所有的木屑混合在一起就是松樹的味道了。」

她們繼續穿過大廳來到廚房，「那些電線通電了嗎？」克莉絲指著由天花板橫樑上懸垂下來的一整團黑色電線問。

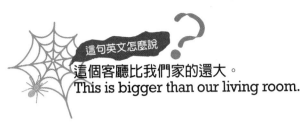

「妳去摸一下不就知道了？」琳蒂提議。

「妳先去試呀！」克莉絲立刻回頂了一句。

「這間廚房並不是很大。」琳蒂說，她彎下腰來審視廚房裡櫥櫃將擺設的空位。她站起身來，正打算提議到樓上去查看時，卻聽見了一陣聲響。

「咦？」她大吃一驚而睜大了眼睛，「有人在這兒嗎？」

克莉絲頓時楞在廚房的中央。

她們倆極力的傾聽著。

四下寂靜無聲。接著她們聽到一陣輕盈而迅速的腳步聲慢慢的接近，而且很快的進到了屋裡。

「快走！」琳蒂低聲說。

克莉絲率先衝出了前門的入口處，從塑膠布底下鑽了出去，躍過門階拔腿朝自己家裡的後院奔去。

琳蒂則在門階的下方停住腳步，並轉身回到那幢新房子，「嘿——妳看！」她叫克莉絲。

這句英文怎麼說

你確定嗎？
You sure?

只見一隻松鼠從房子側面的窗口飛奔而出，牠四隻腳不停的在半空中舞動，最後降落在土堆上。牠很快便爬上鮑威爾家後院裡的那棵楓樹。

琳蒂笑道：「原來只不過是一隻松鼠。」

克莉絲在接近矮灌木叢的地方停了下來，「妳確定嗎？」她遲疑了一下，眼睛來回巡視那幢新房子的每個窗口，說：「那隻松鼠眞是夠吵的了。」

當她的目光由房子的方向移回時，她才赫然發現到琳蒂不見了。

「嘿——妳在哪裡？」

「在這裡。」琳蒂叫她，「我好像看見了什麼東西。」

克莉絲花了好一會兒功夫才找到她姊姊。琳蒂的身影有一大半隱藏在庭院最裡處，一個黑色大型垃圾箱的後面。

克莉絲舉起一隻手放在眼睛上面眺望，好讓自己看得更清楚一些。

琳蒂整個人彎身探進垃圾箱的側面，看起來好像正在一大堆廢棄物之中搜尋什麼。

「妳在找什麼？」克莉絲呼喊。

琳蒂正忙著將周圍的雜物移開，似乎並沒有聽見。

「妳到底是在找什麼？」克莉絲又叫她，她勉強的朝著那座大型垃圾箱上前了幾步。

琳蒂並沒有回應。

琳蒂慢慢的從裡頭拉出了一件東西，並動手把它扶正，只見它的手臂和雙腿毫無反應的垂著，克莉絲甚至還看到了一顆有著棕色頭髮的頭顱。

一顆頭顱？手臂和雙腿？

「噢，不！」克莉絲高聲尖叫，驚嚇之餘，她連忙舉起雙手遮住了臉。

這句英文怎麼說

他的手臂和雙腿無力的垂著。
His arms and legs dangled lifelessly.

2.

一個小孩？

克莉絲嚇得喘不過氣來，目瞪口呆的看著琳蒂把「他」從垃圾箱裡提了起來。

她看到了「他」的臉，一張眼睛大睜、表情呆滯的臉，頭頂上的棕髮顯得僵硬而刻板，「他」似乎還穿著一件灰色的外衣。

「他」的手臂和雙腿無力的垂著。

「琳蒂！」克莉絲呼喊，她的喉嚨因爲驚懼過度而緊繃著，「『他』是不是……是不是……還活著？」

她的心臟怦怦直跳，並朝著她姊姊那兒跑了過去。只見琳蒂把那個可憐的東西，像是呵護嬰兒般的擁在懷裡。

「『他』還活著嗎？」克莉絲屏住氣，追問著。

當她姊姊開始哈哈大笑時，她頓時停下了腳步。

「不！『他』不是活的！」琳蒂歡天喜地的笑著。

克莉絲這時候才明白，原來那根本就不是一個小孩，「原來是一個木偶！」她尖叫。

琳蒂把它提了起來。「一個腹語表演師的木偶。」她說，「顯然是被人丟棄了，不過妳相信嗎？它的狀態還保持得相當完好。」

琳蒂過了好一會兒才察覺到克莉絲氣喘吁吁的，整張臉都漲紅了。她略帶輕蔑的笑著說：「克莉絲，妳是怎麼了？噢，噢，難不成妳還眞的以爲是一個小孩！」

「不是，當然不是。」克莉絲連忙否認。

琳蒂提起木偶，檢查它的背部，找尋那根能夠牽動木偶嘴部張闔的細繩。「我是個活生生的小孩。」琳蒂操控木偶開口說話，她想要以保持自己嘴唇不動的方式，經由緊閉的牙齒間，發出音調極高的聲音。

這句英文怎麼說

當然不是。
Of course not.

「笨蛋！」克莉絲不以爲然的說。

「我不是笨蛋，妳才是笨蛋！」琳蒂操控著木偶，並發出尖銳刺耳的聲音。當她扯動木偶背後的細繩時，木偶木質的嘴唇就上下移動，移動時還會發出喀噠喀噠的聲響。

她的手順著木偶的背部再向上游移，找到了能讓木偶那雙眼睛左右擺動的控制裝置。

「說不定它身上都是病菌。」克莉絲做出一副厭惡的表情說，「把它扔回去吧，琳蒂。」

「我才不要。」琳蒂輕柔的撫摸著木偶那木質的頭髮，語氣堅定的表示，「我要把它留下來。」

「她要收留我了。」她讓木偶開口說道。

克莉絲心有疑慮的注視著那具木偶，它那棕色的頭髮是用顏料描繪在頭頂上的，藍色的眼睛睜得老大，不過只能左右擺動，卻無法眨眼。而塗成鮮紅色的嘴唇向上彎曲，形成一種詭異荒誕的笑容，下唇的一側有一處裂開的缺口，因而無法和上唇完全的密合。

木偶穿著一件灰色雙排扣的外套罩在白色的襯衫衣領上，衣領的下方並沒有眞正連接著一件襯衫，那其實是在木偶木質的前胸塗上了白色顏料，巨大的棕色皮鞋則是銜接在那細長而垂懸的腿部末端。

「我的名字叫做小巴掌。」琳蒂讓木偶開口說道，並且讓它上下張闔著嘴巴露齒而笑。

「笨蛋。」克莉絲搖著頭，再次說道，「爲什麼要取這種名字呢？」

「妳過來，我給妳一個小巴掌。」琳蒂讓木偶開口說話，同時試著讓自己的嘴唇保持不動。

「我們到底還要不要騎腳踏車去操場？琳蒂！」克莉絲不滿的埋怨道。

「妳是在擔心那可憐的羅比正在想念妳嗎？」琳蒂讓小巴掌開口問道。

「把那個令人噁心的東西放下來。」克莉絲不耐煩的回答。

「我並不噁心，令人作嘔的是妳。」小巴掌以琳蒂的尖嗓音說道，它說話時，眼睛還會左右轉動。

這句英文怎麼說

你的嘴唇動了。
Your lips are moving.

「妳的嘴唇動了。」克莉絲告訴琳蒂，「妳眞是個糟糕到不行的腹語表演者。」

「我會越練越好的！」琳蒂充滿自信的表示。

「妳是眞的要把它留下嗎？」克莉絲驚叫。

「我喜歡小巴掌，它挺可愛的。」琳蒂說，並將木偶緊貼在胸前擁抱著。

「我很可愛。」她讓小巴掌說，「妳很噁心。」

「閉嘴！」克莉絲厲聲向木偶斥責。

「妳才閉嘴！」小巴掌用琳蒂那種緊繃的高嗓音回答。

「妳留著它要做什麼呢？」克莉絲問，並尾隨著她姊姊的腳步朝街道的方向走去。

「我一直都很喜歡木偶啊。」琳蒂回想道，「妳還記得我那些提線木偶嗎？每次我都能和它們玩上好幾個鐘頭，我還編了好幾齣木偶長劇呢！」

「我也一直很喜歡和提線木偶一起玩。」克莉絲回想道。

「妳老是把那些提線糾結在一起。」琳蒂皺著眉說，「跟我比起來，妳簡直是差太多了。」

「可是妳打算把這個木偶拿來做什麼呢？」克莉絲不禁質問。

「還不曉得，說不定我會拿來表演。」琳蒂若有所思的說，然後她把小巴掌換到另一隻手上，「我敢說，在不久的將來，一定可以靠它爲我賺一些錢。妳知道的，就在小朋友生日派對的餘興節目中來一段表演。」

「生日快樂！」她讓小巴掌開口說，「錢拿來。」

克莉絲並不覺得好笑。這兩個女孩沿著自家門前的街道漫步，琳蒂用單手撐住小巴掌的背部，把它抱在懷裡。

「我總覺得它有點詭異。」克莉絲說，她提起腳把一顆大鵝卵石踢到街道的對面去，「妳應該把它放回那個垃圾箱裡。」

「才不要！」琳蒂極力的堅持。

「才不要！」她搖動小巴掌的頭讓它開口說話，只見它那玻璃般的藍眼珠子也隨著左右擺動，「我要把妳放進垃圾箱裡。」

「小巴掌似乎有意和我過不去。」克莉絲對著琳蒂露出不悅的表情。

琳蒂笑著說，「別看著我。」她嘲弄她妹妹說，「妳該去向小巴掌抱怨才對。」

這句英文怎麼說

別看著我。
Don't look at me.

克莉絲皺著眉頭。

「妳是在嫉妒。」琳蒂說，「因為我找到了它而妳沒有。」

克莉絲正準備反駁，這時候她們同時聽到了一些聲音，克莉絲抬起頭來，看見馬歇爾家的兩個小孩，他們正從前方的街角處迎面跑來。這兩個紅頭髮的小孩十分可愛，克莉絲和琳蒂有時候會去充當他們的臨時保母。

「那是什麼？」愛咪．馬歇爾指著小巴掌問道。

「它會說話嗎？」她的弟弟——班問道，他保持著好幾呎遠的距離，長滿雀斑的臉上帶著狐疑的神情。

「嗨！我是小巴掌！」琳蒂讓木偶開口打招呼，她用單手支撐小巴掌，讓它挺直上身端坐著，它的雙臂則垂在腰際的位置。

「妳是從哪裡得到的？」愛咪問。

「它的眼睛能動嗎？」班問道，他仍然躊躇不前。

「你的眼睛能動嗎？」小巴掌向班問道。

只見馬歇爾家的兩個孩子放聲大笑，這時班似乎已經忘記了先前的疑慮，他跨步上前一把抓住小巴掌的手。

「噢！輕一點！」小巴掌驚叫。

班嚇了一跳連忙把手放開，他和愛咪在一陣笑鬧聲中解除了原有的戒心。

「哈！哈！哈！哈！」琳蒂讓小巴掌發出笑聲，並將它的頭部向後仰，把它的嘴巴張得更大。這兩個小孩都覺得那樣子很有趣，而笑得更厲害了。

琳蒂對於能夠獲得如此的反應感到非常高興，她看了妹妹一眼，只見克莉絲坐在人行道的邊上，雙手支著下巴，臉上露出沮喪落寞的神情。

她是在嫉妒，琳蒂明白，克莉絲顯然是看出孩子們確實喜歡小巴掌，而以後我會因此而成爲大家目光的焦點，她怎麼能不嫉妒呢？

我絕對要留下小巴掌不可！琳蒂告訴自己。她對自己牛刀小試所得到的成就感，感到高興不已。

她凝視著木偶那雙明亮的藍眼睛。出乎她意料的，木偶似乎也像是在注視著她，它的眼睛在陽光的照耀下閃閃發亮，它咧開嘴，露出了會心的一笑。

這句英文怎麼說

她要你去當臨時褓姆嗎？
Does she want you to baby-sit?

3.

「剛才是誰打電話來？」鮑威爾先生問，一邊用刀叉鏟起義大利麵放入嘴裡。

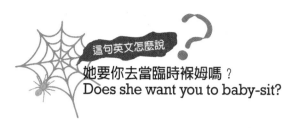

琳蒂側身回到餐桌的座位上，「是馬歇爾太太，住在街尾的那一位。」

「她要妳去當臨時保母嗎？」鮑威爾太太問，一邊伸出手拿盛放沙拉的碗，她把頭轉向克莉絲，「妳不要來一點沙拉嗎？」

克莉絲拿起餐巾把下巴上義大利麵條的醬汁擦拭掉，「等一下再看看吧。」

「不是。」琳蒂回答道，「她想要請我去表演，帶著小巴掌在愛咪的生日派對上演出。」

「這可是妳的第一份差事。」鮑威爾先生說，他那瘦長的臉上浮現出笑容。

「愛咪和班非常喜歡小巴掌，他們極力要求小巴掌去參加。」琳蒂說，「馬歐爾太太打算要付二十塊錢美金給我。」

「那很好呀！」鮑威爾太太驚呼，她將沙拉碗越過桌面遞給鮑威爾先生。

琳蒂從垃圾箱中將小巴掌解救出來，到今天已經一個星期了。每天放學之後，她都會花上好幾個鐘頭的時間，在房間裡和小巴掌一起排練，去揣摩它的聲音，訓練自己以嘴唇不動的方式來發聲，並且為表演時所需要的笑話構思內容。

克莉絲始終認為這整件事情簡直是愚蠢至極，「我實在不敢相信妳居然會變得這麼蠢。」她是這麼告訴她的姊姊，她拒絕在琳蒂練習時當她的觀眾。

但是當琳蒂在星期五將小巴掌帶到學校時，克莉絲的態度卻有了轉變。

一群同學聚集在琳蒂的置物櫃旁圍繞著她。

當琳蒂在這群同學面前讓小巴掌開口說話時，克莉絲遠遠的待在穿堂的下方冷眼旁觀。

克莉絲心想，這一回琳蒂恐怕會讓自己出醜而成為眾人恥笑的傻瓜。

然而，出乎她的意料，只見同學們歡聲雷動、笑聲連連，他們全都覺得小巴掌很有趣，甚至連羅比．馬丁，這個克莉絲已經暗戀了兩年的男孩，也覺得琳蒂

這句英文怎麼說

有可能。
Maybe.

的表演太精彩了。

眼看著羅比和其他同學笑成一團，不禁讓克莉絲不得不重新思考，也許成爲一個腹語表演者挺有趣的。

而且還有利可圖，琳蒂將在馬歇爾家的生日派對上賺進二十塊錢，一旦消息傳開之後，她很有可能能夠在各式各樣的派對上表演，賺進更多的錢。

當天晚上用餐過後，琳蒂和克莉絲一起洗碗。琳蒂向父母親提出要求，希望能夠在他們面前將她最新完成的喜劇預演一遍。於是她迫不及待的回房去，將小巴掌帶過來。

鮑威爾夫婦在客廳的長沙發椅上坐了下來，「或許琳蒂以後會成爲電視明星喔！」鮑威爾太太說。

「有可能。」鮑威爾先生也有同感，他在長沙發上就坐，臉上掛著欣喜的笑容，巴吉則在一陣狂吠聲中也爬上了沙發，坐在鮑威爾夫婦之間，牠那被修剪得極短的尾巴不停的擺動著。

「你該知道，你是不許爬到沙發上的。」鮑威爾太太說，她嘆了口氣，但並沒有眞的動手將巴吉趕下去。

克莉絲坐得離大家遠遠的，在樓梯口的地板上，雙手托著下巴。

「妳今晚看起來一副悶悶不樂的樣子。」她的父親說。

「我也可以擁有一個木偶嗎？」克莉絲問，其實她並不是眞的打定主意要說這件事情，只是未經思索就脫口而出了。

琳蒂握著小巴掌的腰際，回到客廳，「準備好了嗎？」她問，她搬了一張餐桌椅到客廳的正中央，然後坐在餐桌椅上。

「怎麼樣，可以嗎？」克莉絲追問。

「妳該不會是眞的也想要吧？」鮑威爾太太驚訝的問。

「想要什麼？」琳蒂不明就裡的問。

「克莉絲說她也想要一個木偶。」鮑威爾太太據實說道。

「不行。」琳蒂激動的說，「爲什麼妳會想要做一個盲目的模仿者呢？」

「那看起來好像很好玩。」克莉絲回答，她的臉頰紅了，「要是妳辦得到，我也應該可以。」她尖聲的加上一句。

這句英文怎麼說

那看起來好像很好玩。
It looks like fun.

「妳老是在模仿我做的每一件事情。」琳蒂憤怒的抗議著，「妳就不能去找一件自己想做的事嗎？上樓去玩妳本來在玩的珠寶收集，那才是妳的嗜好，讓我來當腹語表演者吧！」

「女孩們！」鮑威爾先生終於按捺不住，舉起手來要求雙方安靜，「拜託一下，不要爲了一個木偶吵架。」

「我眞的覺得自己在這方面會表現得更好。」克莉絲說，「我是說眞的，琳蒂的表演給人的感覺並不是很有趣。」

「所有的人都認爲我表演得很有趣。」琳蒂堅稱。

「不可以出口傷人，克莉絲。」鮑威爾太太出聲斥責。

「好嘛！我只是覺得要是琳蒂有的話，我也應該有。」克莉絲向父母親說道。

「盲目的模仿者。」琳蒂搖搖頭再次說道，「這一整個星期以來，妳都在潑我的冷水，甚至還說這是愚蠢的舉動。可是我知道妳爲什麼改變心意，那是因爲我可以靠著這個表演賺錢，而妳卻辦不到，所以讓妳難以忍受、耿耿於懷。」

「我眞的希望妳們兩個不要每件事都吵個不停。」鮑威爾先生一副煩不勝煩的樣子說道。

「那麼，我可以擁有一個木偶嗎？」克莉絲向他問道。

「那種木偶很貴。」鮑威爾先生看了他的妻子一眼，然後回答，「好一點的要一百多塊錢（美金），我們現在可負擔不起。」

「妳們何不一起共用小巴掌呢？」鮑威爾太太提議。

「什麼？」琳蒂張大了嘴，表示反對。

「妳們一直都是共用所有的東西。」鮑威爾太太接著說，「所以，妳們為什麼就不能共用小巴掌呢？」

「可是，媽——」琳蒂極不樂意的哀聲抱怨。

「這主意太棒了。」鮑威爾先生打斷了她的話，他對克莉絲說，「先試試看吧，等妳們共同擁有一段時間之後，我相信妳們之中一定有人會先對小巴掌失去興趣，也許妳們兩個都會也說不定。」

克莉絲慢慢的從地板上爬了起來，她走向琳蒂，伸出手想要去拿木偶，「我不介意一起共用。」她輕輕的說，同時注視著琳蒂的眼睛，想要知道琳蒂是不是

這句英文怎麼說

你們何不一起共用小巴掌呢？
Why don't you both share Slappy?

也認同這個主意，「可以讓我抱一下嗎？」

琳蒂緊緊的握住小巴掌。

突然間，木偶的頭向後仰，嘴巴張得大大的，「克莉絲，看招！」只見它發出粗野而刺耳的聲音咆哮道，「滾開，妳這個愚蠢的笨蛋！」

克莉絲還來不及向後退，小巴掌那木質的手掌便揮了出來，打在她的臉上。

4.

「噢！」克莉絲慘叫一聲，她抬起頭來摀住臉頰，只見臉頰頓時鮮紅一片，她後退幾步，大叫：「住手，琳蒂，好痛啊！」

「叫我嗎？」琳蒂驚叫，「不是我做的！都是小巴掌！」

「別胡說了！」克莉絲反駁，她撫摸著臉頰，「妳眞的弄痛我了。」

「可是我並沒有動手呀！」琳蒂大聲說道，她把小巴掌的臉轉過來對著自己，「爲什麼對克莉絲這麼粗暴？」

鮑威爾先生從長沙發椅上跳了起來，命令道：「別再演了，立刻向妳妹妹道歉。」

琳蒂讓小巴掌做出鞠躬的動作，「對不起！」她用木偶的聲音說道。

這句英文怎麼說

為什麼對克莉絲這麼粗暴？
Why were you so rude to Kris?

「不！用妳自己的聲音。」鮑威爾先生堅持，只見他雙臂交叉抱在胸前，「傷害克莉絲的人不是小巴掌，是妳。」

「好！好！」琳蒂滿臉通紅的嘟囔，她避開克莉絲噴火的眼神，「對不起！給妳。」她把小巴掌碰的一聲塞進克莉絲懷裡。

克莉絲大感意外，她差一點就把木偶掉落到地板上，小巴掌遠比她想像的重得多。

「現在我該怎麼做呢？」克莉絲向琳蒂問道。

琳蒂冷冷的聳聳肩，逕自走向長沙發，在她母親身旁坐了下來。

「妳何必要小題大作呢？」鮑威爾太太傾身靠近琳蒂輕聲說道，「那樣是很幼稚的行爲。」

琳蒂羞紅著臉，爭辯說：「小巴掌是我的！爲什麼不能讓我擁有一樣屬於自己的東西呢？」

「有時候妳們兩個對對方都那麼好，可是有時候卻……」鮑威爾太太的聲音越來越弱，她實在不知道該怎麼接下去了。

鮑威爾先生走到客廳另一頭的一張椅子前，在塞了厚墊的扶手上坐了下來。

「我該怎麼讓它的嘴巴動起來呢？」克莉絲問。

她把木偶整個顛倒過來，仔細的觀察它的背部。

「它的背後有一條細繩子，就在外套的縫裡。」琳蒂心有不甘的告訴她，「妳只要拉動繩子就可以了。」

我不想讓克莉絲操作小巴掌，琳蒂忿忿不平的想著。

我不想和別人共享小巴掌。

爲什麼不能讓我擁有屬於自己的東西呢？爲什麼我必須和她共用所有的一切呢？爲什麼克莉絲老是要模仿我？她只能咬緊牙關，等待心中的怒氣慢慢消散。

當晚的夜裡，克莉絲從床上坐了起來，她剛剛做了一個惡夢。

我被追逐著。她回想著夢裡的情形，仍然心有餘悸，她的心臟仍怦怦的猛跳著。我被什麼東西追逐呢？被什麼人追逐呢？

她記不起來了。她環顧整個昏暗的臥室，等待著自己的心跳回復正常。房間

這句英文怎麼說

為什麼克莉絲老是要模仿我？
Why does Kris always want to copy me?

裡異常悶熱，即使是開著窗戶，窗簾隨風飄動著。

琳蒂躺在克莉絲隔壁的另一張單人床上，聽起來像是在熟睡之中，她輕輕的打鼾，嘴唇微微的張開，她的長髮鬆開垂散在臉上。

克莉絲朝著放在兩張單人床之間，床頭几上方的收音機報時器看了一眼，已經將近凌晨三點鐘了。

即使她已經完全清醒了，但是那場惡夢卻久久無法散去。她仍然很不舒服，感到有些害怕，那種感覺好像依然被什麼人或什麼東西追逐著。她的後頸部還是有著一種熾熱而刺痛的感覺。

她轉身將枕頭弄得蓬鬆一點，再把枕頭靠在床頭板上墊高一些，當她重新躺下時，突然察覺到不尋常的景象。

似乎有人坐在臥室窗戶前面的椅子上，似乎有人正在瞪視著她。

她猛然倒吸了一口氣，赫然發現原來那是小巴掌。

昏黃的月光投射在小巴掌身上，使得它那凝視般的眼神閃閃發亮，它端坐在椅子上，稍稍向右側斜靠，一隻手則擱在椅子細長的扶手上。

它的嘴巴露出寬闊而虛假的微笑，眼睛看起來像是正在瞪視著克莉絲。

克莉絲不甘示弱的回瞪著它，想要在昏黃詭異的月光中解讀木偶的表情。然後不假思索的，甚至不明白自己在做些什麼的情形之下，一聲不響的下了床。她的腳被床單勾住，險些絆倒。她踢開床單，一路穿過臥室來到窗戶前面。

當她的身影籠罩住小巴掌時，它仰起頭來望著她。

當克莉絲傾身接近時，它的嘴巴似乎張得更大一些。

突如其來的一陣風使得薄薄的窗簾飄了起來，克莉絲一把推開貼在臉上的窗簾，低頭俯視著木偶那上了漆的頭部。

她伸出一隻手來，撫摸著它那木質的頭髮，月光下的頭髮顯得油油亮亮的，它的頭感覺上熱呼呼的，遠比她想像中的要再熱一些。

克莉絲連忙將手抽開。

那是什麼聲音呢？難道是小巴掌在暗自竊笑？是在嘲笑她嗎？

不，當然不是。

克莉絲突然察覺到自己喘得很厲害。

這句英文怎麼說

她伸出手來把它推倒。
She reached out and pushed him over.

她心想，爲什麼會讓這個愚蠢的木偶把自己搞成這副精神錯亂的模樣？

在她身後的床上，琳蒂的喉嚨發出咕咕的聲音，她翻過身來變成了仰睡的姿勢。克莉絲注視著小巴掌那雙大大的眼睛，在窗外月光照射下閃耀著光芒，她等著它眨眼或是左右來回滾動。

她突然覺得自己很蠢。她告訴自己，它只是個無知的木偶。

她伸出手來把它推倒。只見那僵硬的身軀偏向一側，當堅硬的頭部撞擊在木質的扶手上時，輕輕的發出了喀的一聲。

克莉絲低頭俯視著它，一種奇特的滿足感油然而生，彷彿是她總算給它一點教訓了一樣。

因風揚起而發出沙沙聲的窗簾又再度貼靠在她臉上，她伸出手來推開。

這時一陣睡意襲來，她覺得睏了，於是準備上床睡覺。

她才剛剛跨出第一步時，小巴掌忽然伸出手來抱住了她的腰。

5.

「啊！」當抱住她腰際的那一雙手收緊時，克莉絲大叫一聲，頓時感到一陣暈眩。

她萬萬沒想到，竟然是琳蒂蹲伏在她身旁，攔腰緊抱著她。

克莉絲從琳蒂的掌握中抽出手來。

月光穿過窗戶照著琳蒂那張魔鬼般的笑臉，「妳又上當了！」她得意的說。

「妳嚇唬不了我的！」克莉絲不甘示弱的回答，然而她的聲音卻微微顫抖著。

「妳嚇得都快跳到屋頂上了！」琳蒂喜不自勝的喊著，「妳一定以爲眞的被木偶抓住了吧！」

「才不是呢！」克莉絲回答，她急忙回到床上去。

這句英文怎麼說

我要回去睡覺了。
I'm going back to sleep.

「好吧！那麼這麼晚了，妳起床做什麼呢？」琳蒂質問，「妳該不會是和小巴掌一起鬼混吧！」

「不，我……唉……我做了一個惡夢。」克莉絲告訴她，「我只不過是去看看窗外罷了。」

琳蒂低聲竊笑，「妳眞該先看看自己臉上的表情。」

「我要回去睡覺了，別吵我了。」克莉絲厲聲說，她把被單拉高到下巴的位置。

琳蒂將木偶挪回原先的坐姿，然後回到自己的床上，而且還在爲自己嚇到妹妹而抿著嘴暗笑。

克莉絲重新將枕頭擺好，然後將目光投向窗戶的方向。

這時木偶的臉龐有一半被陰影遮住了，但木偶那雙眼睛依然炯炯有神，彷彿它是個活生生的人。而且，那雙盯著她的雙眼，感覺上像是有話要說的樣子。

爲什麼它非得露出那種詭異的笑容呢？克莉絲不禁問自己。

她很想抹去在頸部後面那種如針刺般的感覺。

她拉開床單，鑽進被窩裡，同時轉過身去，避開那雙張得大大的、且緊盯著她不放的眼睛。

但是，即使背對著它，她仍然能感覺到那雙注視著她的眼睛；即使她閉上眼睛，用床單將自己的頭整個蓋住，她還是想像得到那一張佈滿陰影而扭曲變形的笑臉。

那雙不眨眼的眼睛，凝視著她，注視著她，盯著她不放。

她在不知不覺中睡著了，不過卻陷入另一個夢魘中，使她睡得很不安穩。夢中有人在追她。有一個非常邪惡的人在追她。

然而，是誰呢？

星期一下午，琳蒂和克莉絲爲了春季音樂會的預演，放學後一起留下來綵排。她們回到家時，已經將近五點了，當她們看到父親的汽車停放在車道上，覺得非常的訝異。

「今天怎麼這麼早就回來了！」克莉絲高喊，她發現父親正在廚房裡幫母親準備晚餐。

這句英文怎麼說

晚餐吃些什麼呢？
What's for dinner?

「我明天要到波特蘭去參加一場展售會。」鮑威爾先生解釋，他正拿著一把剝皮小刀在水槽裡剝著一顆洋蔥的外皮，「所以我今天只上了半天班。」

「晚餐吃些什麼呢？」琳蒂問。

「烤碎肉餅。」鮑威爾太太回答，「不過妳爸爸得先把洋蔥去皮才行。」

「事實上替洋蔥去皮時，是有一個可以不必流眼淚的訣竅。」鮑威爾先生說著，兩行淚水從他臉頰上不停的流下來，「只可惜我並不曉得是什麼方法。」

「合唱團排練的情形怎麼樣？」鮑威爾太太問，她的手掌裡揉捏著一大球血紅色的絞牛肉團。

「無聊透了。」琳蒂抱怨，她打開冰箱取出了一瓶可樂。

「沒錯，我們演唱的全是一些俄羅斯和南斯拉夫的歌曲。」克莉絲說，「全是一些關於綿羊還是某些東西的歌曲，感覺上都很悲傷，而且沒有翻譯，我們根本搞不清楚歌詞的內容到底是什麼？」

鮑威爾先生忽然急急的衝向水槽，扭開水龍頭不斷潑冷水沖洗他充血而又流出分泌物的眼睛，「我實在是受不了了！」他大叫，並將剝了一半的洋蔥扔還給他的妻子。

「愛哭鬼！」她搖搖頭，咕噥了一聲。

克莉絲回到樓上的臥室，將背包放下。她把背包扔在和琳蒂共用的書桌上，隨後便轉身下樓。

但是窗前的景象吸引了她的目光。

她感到一陣天旋地轉，不禁倒抽了一口氣。

「哦！天啊！」她發出一聲驚叫。

克莉絲舉起雙手摀住臉頰，難以置信的看著。

小巴掌端坐在窗前的椅子上，以它一貫睜大的眼睛注視著她、對著她露齒而笑，而它身邊竟然坐著另一個木偶，也同樣對著她咧開嘴笑。

它們甚至還手牽著手。

「這究竟是怎麼一回事？」克莉絲大聲尖叫。

6.

「妳喜歡它嗎？」

剛開始，克莉絲還以爲是小巴掌在問話。她感到無法置信，嚇得目瞪口呆，不知所措。

「怎麼了？妳覺得它怎麼樣？」

過了好一會兒，克莉絲才明白，原來是背後有人在問話。她轉身看見父親就站在門口，手裡還拿著一條溼毛巾不停的揉著眼睛。

「那……那個新的木偶？」克莉絲結結巴巴的說。

「那是給妳的。」鮑威爾先生說，他一腳踏進臥室，仍把溼毛巾按在兩隻眼睛上。

這句英文怎麼說

愛哭鬼！
Crybaby!

「是眞的嗎？」克莉絲急忙衝到椅子前，拿起新木偶瞧個仔細。

「那是我在辦公室對面街角上的一家小當鋪買的。」鮑威爾先生說，他把毛巾往下拉低一些，「當時我剛好路過，妳相信嗎，它正巧就在櫥窗裡，當然它的售價還算便宜，我心想當鋪的老板應該會樂意將它脫手賣出的。」

「它……很可愛。」克莉絲說，她在腦子裡尋找適當的字眼，「它看起來和琳蒂的木偶很像，只不過它的頭髮是鮮紅色而不是棕色的。」

「說不定是同一家公司生產的呢。」鮑威爾先生說。

「它的服裝要比小巴掌的好看一點。」克莉絲說，她把木偶拿得遠遠的好看個清楚，「我不喜歡琳蒂的木偶身上那件難看的灰色外衣。」

新木偶穿著一件藍色斜紋粗布牛仔褲，以及紅綠格子的法蘭絨襯衫，它的腳上穿著一雙白色高筒的膠底布鞋，不同於一般正式而光亮的棕色皮鞋。

「這麼說妳喜歡它囉？」鮑威爾先生帶著笑容問道。

「我愛死它了！」克莉絲歡喜的大叫，她跑上前去給父親一個擁抱。

然後拿起木偶跑出房間，下樓來到了廚房。

這句英文怎麼說

說不定是同一家公司生產的呢。
Probably made by the same company.

「嗨，各位！這位是小木頭先生！」她高興的宣佈，把這個露齒而笑的木偶高高的舉在胸前。

巴吉興奮得不停狂吠，想要跳起來咬木偶的膠底布鞋，克莉絲趕緊將木偶移開。

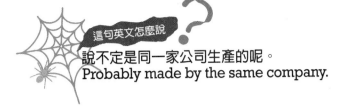

「嘿！」琳蒂大感意外的叫道，「這是從哪裡來的？」

「是爸爸送我的。」克莉絲得意的說，她的嘴巴笑得比木偶還大，「吃完晚餐以後，我想和它一起練習，而且我將會成爲一個比妳更棒的腹語表演者。」

「克莉絲！」鮑威爾太太斥責，「並不是每一件事情都非得競爭不可，妳懂嗎？」

「我和小巴掌早就得到一份差事了。」琳蒂帶著一種領先者的嘲笑，說道，「妳現在才要起步，只能算是個初學者罷了。」

「小木頭先生的外型比小巴掌出色多了。」克莉絲說，她立刻反擊孿生姊姊對她的嘲諷，「小木頭先生又酷又帥，妳的木偶身上那件外衣簡直是遜斃了。」

「妳覺得那件破破爛爛的舊襯衫很酷嗎？」琳蒂扮出一張作嘔的鬼臉，嘲笑著說，「噁心，那個老舊的木偶說不定還長蟲呢！」

「妳才長蟲呢！」克莉絲大叫。

「妳的木偶一點都不好玩。」琳蒂口氣惡劣的回道，「因爲妳這人根本就缺乏幽默感。」

「哦！是嗎？」克莉絲回答，她將小木頭先生拋掛在肩上，「要是我沒有幽默感的話，又怎麼能忍受得了妳呢？不是嗎？」

「盲目的模仿者！模仿者！」琳蒂氣急敗壞的大喊。

「出去！別待在廚房！」鮑威爾太太失去了耐性，她忍不住大吼，「出去！統統出去！妳們兩個眞是不可理喻！那些木偶的個性都比妳們要好得多。」

「多謝誇獎，媽咪。」克莉絲酸溜溜的說。

「吃晚飯時，記得叫我。」琳蒂提醒，「我要先到樓上和小巴掌一起練習，爲星期六生日派對的表演預做準備。」

隔天的下午，克莉絲坐在她和琳蒂共用的梳妝檯前，克莉絲在珠寶盒裡翻找

這句英文怎麼說

你騎腳踏車過來的嗎？
You ride your bike over?

出一串色彩鮮豔的珠串，她把珠串戴在頭上，並且把它和原本就戴在頭上的另外三串分開來，然後注視著鏡子裡的自己，擺動著頭部好看清楚垂得很長的耳環。

我超喜歡這些廉價的珠寶，她心想，一邊又在木製珠寶盒的深處挖了挖，看看還能找出什麼其他的寶貝。

琳蒂對這些東西一向不感興趣，但是克莉絲卻可以花上好幾個鐘頭的時間來試戴這些珠串。她擺弄著成堆的小飾品，觸摸著好些個塑膠製的手環，把耳環弄得叮噹作響，把玩這些珠寶飾品總讓她心情非常愉快。

她又搖了搖頭，把長耳環甩出噹噹的響聲，冷不防的臥房門上傳來一陣叩叩聲，她倏的轉過身去。

「嗨，克莉絲，怎麼了？」她的朋友寇迪．馬修斯走進房裡，他有著一頭直順的金髮，細長而嚴肅的臉孔上有一對淺灰色的眼睛。寇迪看起來總是一副若有所思的模樣。

「你騎腳踏車過來的嗎？」克莉絲問，她趕緊取下珠串扔進珠寶盒裡。

「不是，我是走路過來的。」寇迪回答，「妳急著找我來做什麼，難道妳是想要待在這裡嗎？」

「當然不是。」克莉絲從椅子上跳了起來，她走向窗前的椅子一把抓起小木頭先生，「我想要練習我的表演。」

寇迪不禁哀叫一聲，「我是實驗用的白老鼠嗎？」

「不是，是觀眾。拜託嘛！」

她帶著他來到後院中央那棵彎曲的老楓樹下，午後的太陽在早春晴朗而蔚藍的天空中，緩緩西沉。

她抬起一隻腳抵在樹幹上，將小木頭先生支撐在膝蓋的位置，寇迪則仰臥在樹蔭底下。

「如果你覺得好笑的話，就告訴我。」克莉絲指使著。

「沒問題，快開始吧。」寇迪回答，他專注的瞇起眼睛。

克莉絲將小木頭先生轉向自己，「你好嗎？」她向它問道。

「還不錯，反正不做不錯，就錯不在我。」她讓木偶開口說道。

她等著寇迪發出笑聲，但是他並沒有。

這句英文怎麼說

我想要練習我的表演。
I want to practice my act.

「這樣好笑嗎？」她問。

「還好。」他淡淡的回答，「繼續。」

「好的。」克莉絲低下頭去好跟木偶面對面，「小木頭先生。」她說，「爲什麼你要閉著眼睛站在鏡子前面呢？」

「這個嘛，」木偶尖聲回答，「我想要看看自己睡覺時的模樣。」

克莉絲將木偶的頭向後仰，使它看起來像是在哈哈大笑的樣子。「這個笑話怎麼樣？」她問寇迪。

寇迪聳聳肩，說：「好像比較好一點。」

「哎！你根本幫不上忙。」克莉絲生氣的大喊，她放下手臂，於是小木頭先生也順勢癱倒在她的膝蓋上，「你要告訴我，到底好不好笑才對。」

「我覺得並不好笑。」寇迪想了一想後說。

克莉絲呻吟了一聲。「看來我眞的需要一些好的笑話書。」她說，「就這麼辦，只要從笑話書裡找出一些眞正好笑的笑話，到時候就萬事俱全，可以上臺表演了。畢竟我是一個很不錯的腹語表演者，你說是不是？」

「大概吧！」寇迪回答，他從地上拔起一把草來，再任由這些潮溼青翠的草葉從指間飄下。

「所以說，我的嘴唇並沒有動得很厲害，是不是？」克莉絲詢問。

「沒錯。」寇迪表示同意，「但是妳並沒有眞正用力發出聲音來。」

「沒有人能提高嗓音而嘴唇不動的。」克莉絲告訴他，「那只是一種假象，你可以讓別人覺得你提高了嗓音，但事實上並沒有眞的提高。」

「哦！」寇迪說，他又從地上拔起一把草來。

克莉絲又說了幾則笑話，然後問寇迪：「你覺得如何？」

「我覺得我必須回家了。」寇迪說，他將手上那把青草扔向克莉絲。

克莉絲拍去散落在小木頭先生頭上的青草葉片，她輕柔的撫摸著木偶那塗成紅色的頭髮，對寇迪說：「你傷了小木頭先生的心。」

寇迪從地上爬了起來，「先告訴我，妳怎麼會想要和那玩意兒攪和在一起呢？」他問，同時把遮住前額的金髮往後撥了撥。

「因爲很有趣。」克莉絲回答。

這句英文怎麼說

你覺得如何？
What do you think?

「這是眞正的原因嗎？」寇迪問。

「這個嘛……其實我是想讓琳蒂知道，在這方面我比她還要強一些。」

「妳們兩個眞是不可理喻。」寇迪大聲說道，「明天學校見啦！」他向克莉絲揮揮手，旋即轉身朝回家的路上走去。

克莉絲掀開毯子爬到床上，黯淡的月光從窗戶透了進來。

她打了一個呵欠，朝收音機上的報時器瞄了一眼，將近十點鐘了，她聽見琳蒂正在走廊另一端的浴室裡刷牙的聲音。

爲什麼琳蒂總是在刷牙時還哼著歌呢？克莉絲覺得非常疑惑，爲什麼這個孿生姊姊老是做出一些惹人厭的事情呢？

她臨睡之前又看了小木頭先生最後一眼，只見它倚靠在窗戶前的椅子裡，雙手安放在膝蓋的部位，它那雙白色的膠底布鞋垂在椅子邊上。

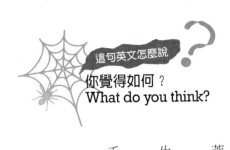

它看起來就像是眞人一般，克莉絲昏昏欲睡的想著。

明天我要到學校的圖書館借一些有用的笑話書，我會比琳蒂更能引人發笑，我確信自己辦得到的。

她睏倦的躺在枕頭上。只要一熄燈，我一定馬上就可以睡著，她心想。

不一會兒，琳蒂進入房裡，她穿著長睡衣，把小巴掌夾在一隻手臂底下，「妳睡著了嗎？」她向克莉絲問道。

「快了。」克莉絲大聲的打著呵欠回答，「爲了數學期末考，我一整個晚上都在看書，妳去哪裡了？」

「我到愛麗絲家去了。」琳蒂說著，一面將小巴掌放下，擺在椅子上和小木頭先生並排坐在一起。

「有幾個孩子也到她家去玩，於是我表演給他們看。他們全都樂翻了，我想他們都快笑破肚皮了。當小巴掌和我一起表演對口相聲時，愛麗絲還激動得從鼻孔噴出巧克力牛奶來呢，大夥兒一陣哄堂大笑，亂成一團。」

「那不錯啊，」克莉絲冷冷的說，「這麼說來，星期六愛咪生日派對上的表演節目，妳和小巴掌已經都準備好了。」

「是啊。」琳蒂回答，她將小巴掌的手臂搭放在小木頭先生的肩膀上，「它

這句英文怎麼說

你和小木頭先生有進展嗎？
Are you getting any better with Mr. Wood?

們擺在一起看起來很可愛。」她說著，然後留意到整齊掛在書桌座椅上的服裝，她問：「那是什麼？」

克莉絲從枕頭上抬起頭來，看看琳蒂指的是什麼，「那是我明天要穿的。」她告訴琳蒂，「我們要在芬奇老師的課堂上舉行一場正式派對，爲瑪歌老師辦的歡送會，妳知道的，就是那個實習老師。」

琳蒂注視著那套服裝，說：「妳要穿貝特西・強生（註：服裝品牌名）的裙子？絲質短上衣？」

「我們必須穿著正式禮服才行。」克莉絲呵欠連連的說，「我們現在可以睡覺了嗎？」

「嗯，當然可以。」琳蒂走到床邊，坐了下來，啪噠一聲將床頭燈關掉，「妳和小木頭先生有進展嗎？」她鑽進被窩時說。

克莉絲被這個問題給刺傷了。她覺得琳蒂是故意挖苦她的，於是她答：「是啊！目前的情況很不錯，我還表演了一些拿手好戲給寇迪看，就在後院裡。寇迪笑得闔不攏嘴，差點就嗆住了。眞的，他笑得抱著肚子直呼受不了，他還說小木頭先生和我應該上電視去表演。」

「眞的嗎？」琳蒂遲疑了好一會兒之後才答腔，「那可就奇怪了，我從來不覺得寇迪有什麼幽默感。他總是不苟言笑的，在我的印象裡，好像從來沒看他笑過。」

「不管怎麼說，他確實是在小木頭先生和我的面前開懷大笑。」克莉絲毫不鬆口，這時她眞希望自己說謊時能更鎭定一點。

「眞是叫人佩服，」琳蒂喃喃說道，「我還眞等不及想要見識一下妳的表演。」

我又何嘗不想，克莉絲悶不吭氣的想著。不一會兒，她們雙雙進入了夢鄉。

第二天早晨七點鐘，樓下傳來她們母親的叫喚聲，叫喚著她們起床。清晨橙黃色的燦爛陽光從窗戶湧現，克莉絲聽見了老楓樹上鳥兒們吱吱喳喳的叫聲。

「天亮了，起床了！天亮了！起床了！」每天早晨，鮑威爾太太總是高聲呼喊著同樣的話。

克莉絲揉著眼睛趕走惺忪的睡意，然後伸展雙手高舉過頭，一邊朝窗口看了

這句英文怎麼說

克莉絲指著臥房另一端的椅子。
Kris pointed to the chair across the room.

一眼，她剎時大吃一驚並倒抽了一口氣，「嘿——怎麼回事？」她把手伸向琳蒂床頭，猛搖琳蒂的肩膀，「這是怎麼回事？」

「怎麼了？」琳蒂忽的驚醒，立刻坐了起來。

「別開玩笑了？它在哪裡？」克莉絲質問。

「什麼？」

克莉絲指著臥房另一端的椅子。

只見小巴掌端坐在椅子上，沐浴在早晨的陽光之中，對著她們報以一貫露齒的笑容。

但是，小木頭先生卻不見了。

7.

克莉絲不停的眨著雙眼，她雙手按在床上把自己撐坐起來。她的左手臂一陣刺痛。她想，一定是她睡覺時壓住了。

「什麼？怎麼了？」琳蒂問，她的聲音因爲睡意未消而含糊不清。

「小木頭先生在哪裡？」克莉絲不耐煩的質問道，「妳把它放到哪裡了？」

「什麼？它怎麼了？」琳蒂努力讓自己的雙眼對準焦距。她看見小巴掌僵直的端坐在房間另一端的椅子上。

只有它一個單獨的坐著。

「這一點都不好笑。」克莉絲厲聲說道。她爬下床，把睡衣的摺邊往下拉了拉，快速的走向窗戶前的椅子，「老是開這種愚蠢的玩笑，難道妳不覺得很煩嗎？」

這句英文怎麼說

你把它放到哪裡了？
Where'd you put him?

「玩笑？什麼？」琳蒂伸出腳放到地板上。

克莉絲彎下腰去搜尋椅子下方的地板，然後走到床腳的位置，跪下來在兩張單人床底下找著。

「它到底在哪裡，琳蒂？」克莉絲跪坐在床腳，生氣的問道，「我不覺得這樣很好玩，我真的不覺得。」

「那又怎麼樣，我也不覺得呀。」琳蒂堅定的說，她站了起來並伸了伸懶腰。

克莉絲從地板上爬了起來，當她一眼看見失蹤的木偶時，不由得睜大了眼睛。

「哦！」

琳蒂順著克莉絲驚愕的目光望過去。

小木頭先生在門口對著她們咧嘴而笑，乍看之下它好像是站立著，它那皮包骨般的雙腿以一種奇怪的角度彎曲著。

它身上穿著克莉絲那套要盛裝打扮用的衣服，那件貝特西·強生牌的裙子和絲質的短上衣。

琳蒂由於驚嚇過度而不自覺的張大了嘴，克莉絲則迅速走向門口，她一眼就看出木偶並不是眞的自行站立著，它是被支撐住的，因爲門把插入它背後的縫隙中。

她一把抓住木偶的腰際，把它從門上拉開。克莉絲大叫道：「我的上衣，它整個都縐掉了！」她把上衣拿在手上好讓琳蒂看見，她瞇起眼睛怒視著她的姊姊，說：「妳這種行爲眞是令人厭惡至極，琳蒂。」

「我？」琳蒂不禁尖聲大叫，「我發誓，克莉絲，不是我！昨天晚上我睡得像塊石頭一樣，連動都沒動過，直到妳叫醒我，我才起床的。不是我，眞的！」

克莉絲瞪視著她姊姊，然後將目光移到木偶身上。

小木頭先生穿著她的上衣和裙子，仰起頭來對著她笑，彷彿對她那狼狽困窘的模樣感到很高興似的。

「好吧，小木頭先生。」克莉絲大聲說道，「我想，一定是你自己穿上我的衣服走到門口去的。」

琳蒂正要開口說話，但是被樓下母親的叫喚聲打斷了，「妳們今天要去上學嗎？妳們在哪裡？快遲到了！」

「下來了！」克莉絲回答，她還是怒視著琳蒂，然後小心的把小木頭先生以仰

這句英文怎麼說

我發誓。
I swear.

臥的姿勢放在她床上，並且從它身上將她的上衣和裙子脫掉。她抬起頭來看著琳蒂急匆匆的穿過走廊，衝進了浴室。

克莉絲嘆了口氣，低頭凝視著小木頭先生，小木頭先生也仰頭對她咧嘴笑著，一種淘氣的笑。

「說吧？怎麼回事？」她向木偶問道，「我並沒有替你穿上衣服，也沒有動過你，而且琳蒂也發誓不關她的事。」

要是這件事絕不是我們兩個做的，她心想，那麼會是誰呢？

8.

「把它的頭向前傾。」琳蒂在一旁指示，「就是這樣，只要妳讓它稍稍的上下跳動，它看起來就會像是在哈哈大笑。」

克莉絲順從的讓小木頭先生在她的膝蓋上彈跳著，好做出笑的動作來。

「不要讓它的嘴巴張得太開。」琳蒂對她說。

「我覺得妳們兩個簡直是瘋了。」琳蒂的朋友愛麗絲說。

「除此之外，還有什麼新把戲嗎？」寇迪開玩笑的說。

他們四個人一起坐在鮑威爾家後院那棵彎曲的老楓樹下，一小塊蔭涼的草地上。那是一個炎熱的星期六下午，太陽高掛在淡藍色的天空中，一道道金黃色的陽光從他們頭頂上方隨風搖擺的枝葉之間穿透出來。

這句英文怎麼說

不要讓它的嘴巴張得太開。
Don't move his mouth so much.

巴吉忙碌的在院子裡嗅來嗅去，牠那小小的尾巴搖個不停。

克莉絲坐在一張折疊椅上，椅背靠著彎曲的樹幹，她將小木頭先生放在膝蓋上。琳蒂和愛麗絲站在樹蔭的邊緣，她們雙手交叉抱在胸前，皺著眉頭一臉專注的神情注視著克莉絲的表演。

愛麗絲是一個身材高佻，削瘦的女孩，她有著一頭及肩的黑色直髮，短而扁的鼻子微微向上翹，還有一張漂亮、心型的嘴巴，她穿著白色的短褲和一件醒目的藍色露腰上衣。

寇迪則是攤開四肢仰躺在草地上，他的雙手放在腦後，牙齒之間啣著一根長長的青草葉。

克莉絲原本想要好好的賣弄她腹語表演的技巧，不料琳蒂不斷的以所謂「良心的」建議干擾她。當她的表演沒什麼好讓琳蒂建議時，琳蒂卻又狀似緊張的頻頻看錶，生怕在兩點鐘愛咪的生日派對上遲到，誤了差事。

「我覺得妳實在是很古怪。」愛麗絲告訴琳蒂。

「嘿，才不呢！」琳蒂回答，「小巴掌很有趣。有了它，我會賺很多錢，等我長大之後，說不定會成爲喜劇明星或什麼的。」她又再度瞄了她的手錶一眼。

「可是，學校裡的每一個人都覺得妳們兩個很古怪。」愛麗絲說，她把一隻停在裸露的手臂上的小昆蟲拍掉。

「何必理會那些人。」琳蒂尖聲回答，「他們才古怪呢！」

「妳還不是一樣古怪。」克莉絲讓小木頭先生說道。

「我看到妳的嘴唇動了。」琳蒂對克莉絲說。

克莉絲不以爲然的看了她一眼，說：「妳饒了我吧。妳一整個早上都在挑我的毛病。」

「我只是想要幫忙。」琳蒂說，「妳何必過度自我保護呢？不是嗎？」

克莉絲發出一聲怒吼。

「那是你的肚子在叫嗎？」她讓小木頭先生說道。

寇迪聽了哈哈大笑。

「至少還有一個人覺得有趣。」琳蒂毫不留情的說，「不過，如果妳想要在派對上演出，妳確實是得再多找一些更好的笑話。」

這句英文怎麼說

至少還有一個人覺得有趣。
At least one person thinks you're funny.

克莉絲任由木偶癱倒在膝蓋上，她沮喪的說：「我根本找不到半本好的笑話書。妳的笑話都是從哪裡找來的呢？」

琳蒂一聽，立刻露出得意的冷笑，她把長髮甩到背後，驕傲的回答：「我的笑話都是我自己想出來的。」

「所以妳自己就是笑話囉！」寇迪說。

「哈——哈，等一下記得提醒我要哈哈大笑。」琳蒂嗤之以鼻的說。

「我真不敢相信，妳居然連自己的木偶都沒有帶出來。」愛麗絲對琳蒂說，「我是說，難道妳不想事先預演嗎？」

「不必了。」琳蒂回答，「我已經把表演的內容牢牢記在心裡了，我不想練習過度。」

克莉絲不滿的大聲咕噥著。

「有很多家長會留下來觀賞小巴掌和我的表演。」琳蒂無視於克莉絲的譏諷接著說，「要是孩子們喜歡的話，他們的父母或許會請我在他們的派對上演出。」

「或許妳和克莉絲應該一起表演一場。」愛麗絲提議，「說不定那樣會造成很大的轟動。」

「沒錯，那將會是一場精彩絕倫的好戲！到時候場上將會出現四個木偶。」寇迪開玩笑的說。

愛麗絲是唯一哈哈大笑的人。

琳蒂對著寇迪板起臉孔，然後她想了好一會兒才開口說：「或許那樣真的會很有趣。」但她隨即又補上一句，「這得先等克莉絲做好準備才行。」

克莉絲吸了一口氣，正想發火，但她還沒來得及開口，琳蒂已經從她手中一把奪走小木頭先生。「讓我給妳指點指點。」琳蒂說著，抬起一隻腳架在克莉絲的折疊椅上，然後將小木頭先生擺放在膝蓋上，「妳必須把它支撐得更挺直一些，就像這樣。」

「喂——把它還給我。」克莉絲伸出手來要拿回自己的木偶。

當她舉起手來，冷不防的，小木頭先生的頭往前一低，瞪視著她，「妳是一個笨蛋！」它逼近克莉絲，以一種低沉而沙啞的聲音咆哮道。

「啊？」克莉絲不禁大吃一驚，向後一退。

這句英文怎麼說

你是一個愚蠢的笨蛋！
You're a stupid jerk!

「妳是一個愚蠢的笨蛋！」小木頭先生又發出沙啞的低吼聲粗野的罵道。

「琳蒂——住口！」克莉絲大叫。

寇迪和愛麗絲被嚇得目瞪口呆。

「愚蠢的笨蛋！滾開、滾開！愚蠢的笨蛋！」木偶對著克莉絲粗聲辱罵。

「哇！」寇迪驚呼。

「讓它停下來！」克莉絲對著她姊姊尖聲吶喊。

「我沒辦法啊！」琳蒂用一種顫抖的聲音叫道。她臉色蒼白，睜大的眼睛之中充滿了恐懼，「我沒辦法讓它停下來，克莉絲！它——是它自己在開口講話的。」

9.

木偶怒目逼視著克莉絲，它的笑臉醜陋而邪惡。

「我……我沒辦法讓它停下來。眞的不是我做的！」琳蒂高聲喊著，她用盡全力拚命的拉扯，終於把小木頭先生從克莉絲的面前移開。

寇迪和愛麗絲互相交換著迷惑不解的眼神。

飽受驚嚇的克莉絲從折疊椅上站了起來，她往後退，靠到樹幹上，問：「它……它自己開口說話？」她凝視著咧嘴而笑的木偶。

「我……我想是的。我……我實在是被搞糊塗了！」琳蒂滿臉漲紅的替自己申辯。

巴吉汪汪直叫，牠跳到琳蒂腿上，想要引起她的注意。但是她卻不爲所動，

這句英文怎麼說

它自己開口說話？
He's talk on his own?

只是注視著克莉絲那張驚嚇不已的臉龐。

「這是開玩笑的……對吧？」寇迪問。

「這究竟是怎麼回事？」愛麗絲問，她的雙手交叉環抱在胸前。

琳蒂不理會他們的問題，她將小木頭先生交還給克莉絲，「喏，拿去吧，它是妳的。或許妳可以治得了它。」

「可是，琳蒂……」克莉絲想要反駁。

琳蒂看著手錶，輕呼一聲：「唉呀，糟了！派對！我快要遲到了。」她搖著頭朝住屋的方向走去，「再見！」她頭也不回的喊著。

「可是琳蒂……」克莉絲叫她。

只見廚房的門在琳蒂身後碰的一聲猛力的關上。

克莉絲將小木頭先生抱到肩膀的高度，然後低下頭來看著它的臉，而小木頭先生則仰望著她，對她笑著……那是一種惡魔般的獰笑，它的眼睛直直的瞪視著她的眼睛。

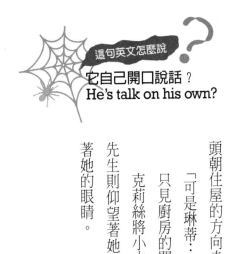

克莉絲坐在後院的鞦韆上舒服的盪著。她先向後擺，再把雙腳高高提起。每一次擺動，老舊的鞦韆總會響起鐵鍊吱吱叫的摩擦聲。這座鞦韆近幾年來很少被使用，有一半都已經生鏽了。

將近黃昏時分的夕陽漸漸從屋後落下，一陣陣烤雞的香味從廚房的窗戶飄散出來，克莉絲還聽見了母親在廚房裡忙著張羅晚餐的聲音。

巴吉在她的下方汪汪大叫，克莉絲只好把雙腳踏在地上讓鞦韆停下來，免得撞到牠。她罵巴吉：「笨狗，難道你不曉得這樣會受傷嗎？」

她抬起頭來看到琳蒂一路跑到車道上來，腋下夾著小巴掌，從琳蒂臉上的笑容，克莉絲立刻就知道，那一場生日派對上的演出肯定是非常的成功。但是，無論如何她還是必須問個清楚，「情況如何呢？」

「實在太完美了！」琳蒂高喊，「小巴掌和我表現得棒極了！」

克莉絲從鞦韆上下來，「那很好啊。」她強顏歡笑的表示。

「大家都覺得我們很有趣！」琳蒂繼續說著，她把小巴掌取出來，「是不是這樣啊，小巴掌？」

這句英文怎麼說

難道你不曉得這樣會受傷嗎？
Don't you know you could get hurt?

「他們喜歡我，討厭妳！」小巴掌用琳蒂那又尖又高的嗓音說。

克莉絲勉強的笑了一聲，「我很高興表演進行得很順利。」她說，她努力表現出君子之爭的風度。

「我和小巴掌做了一段即興歌唱表演，整個過程很順利，後來小巴掌和我又表演對口相聲，場面一下子就熱鬧起來，轟動得不得了！」琳蒂滔滔不絕的說。

她簡直是在我的傷口上灑鹽，克莉絲悲痛的想。她克制不住內心不斷翻攪的嫉妒情緒。

「小孩們全都排成一列和小巴掌說話。」琳蒂繼續說道，「是不是這樣啊，小巴掌？」

「每個人都愛上我了。」她讓木偶開口說話，「該分給我的那一份呢？」

「所以……妳得到二十塊錢的酬勞了嗎？」克莉絲問，她順勢提起腳踢向一叢雜草。

「二十五塊。」琳蒂回答，「愛咪的媽媽說我表演得太好了，她願意付給我額外的獎金，噢！妳猜猜看還有什麼呢？妳認識伊凡斯太太吧？就是那個老是穿著豹紋皮褲的婦人啊？妳知道——安娜的媽媽？她請我下個星期天在安娜的派對上表演，她準備付給我三十塊錢！這下我就要變成有錢人了！」

「哇，三十塊錢。」克莉絲搖著頭嘀咕。

「我拿二十塊，妳分十塊。」琳蒂讓小巴掌開口說道。

「我得去告訴媽咪這個好消息！」琳蒂說，「那妳一整個下午都在做些什麼呢？」

「其實，妳離開以後，我的心情非常難過。」克莉絲回答，她隨著琳蒂走向屋子。「妳知道，是關於小木頭先生，我……我把它放在樓上，愛麗絲和寇迪回家了。然後媽咪和我一起去購物中心買東西。」

巴吉熱烈的搖著尾巴跟東跟西，一個不留意就踩了她們的腳，害她們險些絆倒。「巴吉，當心！」琳蒂吆喝。

「噢，我差一點忘了！」克莉絲說，她在後門門廊停下了腳步，「發生了一件好事。」

琳蒂也停住腳步，「有好事發生？」

這句英文怎麼說

我得去告訴媽咪這個好消息！
I have to go tell Mom the good news!

「是的，我在購物中心遇見了柏曼太太。」柏曼太太是她們的音樂老師，同時也是春季音樂會的主辦人。

「那可眞是太意外了。」琳蒂挖苦的回答。

「柏曼太太問我願不願意和小木頭先生在春季音樂會的典禮上，擔任主持人。」克莉絲掩不住一臉喜色的說。

琳蒂露出難以置信的表情，「她請妳去主持音樂會？」

「是的，我要帶著小木頭先生上臺表演！」克莉絲洋洋得意的說，她看見琳蒂的臉上浮現出一絲嫉妒的神情，這讓她感到更加的得意。

琳蒂拉開紗門，「那麼，祝妳好運了。」她冷淡的說，「帶著那具詭異的木偶，妳的確是需要一點好運。」

整個晚餐的時間琳蒂都在談論她在愛咪．馬歇爾生日派對上的表演，琳蒂和鮑威爾太太興致勃勃的聊個不停，克莉絲則不發一語的吃著飯。

「我得坦白說，原本我覺得這整件事情很怪。」鮑威爾太太說，她舀起飯後的甜點冰淇淋放進碗裡，「我只是不相信妳會對腹語術有興趣，琳蒂。不過，我想妳是有這方面的才能，妳的確是有一些天分。」

琳蒂頓時滿面春風，畢竟，鮑威爾太太通常並不善於恭維別人，更不會誇大其詞。

「我在學校的圖書館找到一本有關於腹語術的書。」琳蒂說，「書裡頭記載了一些相當不錯的技巧，甚至還有一套喜劇的範例可以練習。」她看了克莉絲一眼，「不過，我還是比較喜歡去構想出自己的笑話來。」

「妳應該多去觀摩姊姊的表演。」鮑威爾太太對克莉絲說，同時遞給她一碗冰淇淋，「我是說，妳或許可以從中得到一些在學校音樂會上用得到的參考。」

「也許吧。」克莉絲回答，她想要隱藏自己心中的苦悶。

晚餐過後，鮑威爾先生從波特蘭打電話回來，她們一一和他說話。琳蒂告訴他有關和小巴掌在生日派對上的成功演出，克莉絲則是告訴他有關被邀請和小木頭先生一起主持音樂會的事情，鮑威爾先生承諾此行沿途不再安排其他的行程，以便出席這場音樂會。

她們又一起觀賞了鮑威爾太太在購物中心租借的錄影帶，然後兩姊妹就上樓

這句英文怎麼說

你應該多去觀摩姊姊的表演。
You should watch your sister's act.

回房去，那時已經是十一點多了。

克莉絲啪噠一聲打開電燈，琳蒂跟著她走進去。

她們兩人往房間另一端的椅子望過去——原先她們把兩個木偶放置在那裡，兩人卻同時倒抽了一口氣。

「噢，我的天！」琳蒂大叫一聲，不自覺的舉起一隻手來摀住自己張得大大的嘴巴。

當晚稍早的時候，她們把木偶並排擺成端坐的姿勢。但是此刻小巴掌竟倒蔥栽似的跌落到椅子外，它的頭倒在地板上，棕色的皮鞋被脫了下來扔到牆角下，它的外衣被拉扯到手臂的位置，使它的雙手被衣服卡在背後動彈不得。

「妳……妳看！」克莉絲結結巴巴的說。

她姊姊也正注視著這觸目驚心的一幕。

「小木頭先生……它……」克莉絲的聲音頓時在喉嚨裡梗住了。

小木頭先生趴臥在小巴掌的身上，它的雙手緊緊箍住小巴掌的喉嚨，彷彿它正動手要勒死對方一般。

10.

「我……我眞不敢相信！」克莉絲不由得喃喃說道，她回過頭來，發現琳蒂的臉上露出驚惶的表情。

「這是怎麼回事？」琳蒂驚呼。

兩姊妹同時衝進房裡，克莉絲從頭部的後方一把將小木頭先生抓住，將它從另一個木偶的身上拉開。一時之間，她覺得自己好像是在架開兩個正在扭打的小男孩。

她將小木頭先生舉到自己面前，仔細的檢視著。她死盯著它的臉，彷彿在期待著它開口說話一般。

然後她把木偶放下，將它臉朝下的輕輕拋放在她的床上。

這句英文怎麼說

你的木偶很邪惡！
Your dummy is evil.

由於驚嚇過度，她繃緊著臉，面無血色。

琳蒂俯身從地板上拾起小巴掌的棕色皮鞋，仔細打量著，彷彿想要從中找出可供釐清的線索。

「克莉絲……這是妳做的好事嗎？」琳蒂輕輕的問。

「哈？我？」克莉絲大感錯愕的回答。

「我是說，我知道妳很嫉妒小巴掌和我……」琳蒂說。

「嘿，先等一下。」克莉絲氣憤的回答，她的聲音尖銳又微微顫抖，「不是我，琳蒂，別誣賴我。」

琳蒂目光銳利的瞪視她妹妹，仔細的打量著克莉絲的臉。隨後她的表情轉爲柔和，輕輕嘆了口氣，「我不懂，我真的不懂，妳看小巴掌，它剛剛差一點被撕成兩半。」

她將鞋子安放在椅子上，溫柔的抱起木偶，彷彿抱著一個小嬰兒般。她用一隻手摟住小巴掌，另一隻手則用力的將它的外衣往回拉。

克莉絲聽到琳蒂口中唸唸有詞的嘀咕著。就像是在說：「妳的木偶很邪

惡！」

「妳說什麼？」克莉絲問。

「沒什麼。」琳蒂回答，她仍然忙著整理那件外衣。「我是……嗯……我是對這件事感到有點害怕。」琳蒂坦白的說，她滿臉通紅，連忙避開克莉絲的眼睛。

「我也一樣。」克莉絲承認，「連續發生這些古怪的事情，我想我們應該去告訴媽咪。」

琳蒂扣上木偶外衣的鈕扣，然後坐在床上將小巴掌放在膝蓋上，動手將皮鞋穿回木偶的腳上。

「是的，我想我們應該告訴媽媽。」她回答，「這……這件事情，實在太令人匪夷所思了。」

鮑威爾太太躺在床上，正在讀著一本史帝芬·金的小說。她的臥室裡除了床頭上的一盞小檯燈，投射出一圈窄窄的三角形黃色燈光之外，一片漆黑。

當琳蒂和克莉絲從一片黑暗中出現時，鮑威爾太太發出了一聲短促的驚呼，「哦，妳們嚇了我一跳，我在看一本很恐怖的小說，而且我覺得自己就快要睡著

這句英文怎麼說

接連發生了一些奇怪的事。
Something weird is going on.

了。」

「我們可以和妳說幾句話嗎？」克莉絲輕聲說著，但她說得又急又快。

「接連發生了一些奇怪的事。」琳蒂緊接著說道。

鮑威爾太太打了一個呵欠，她把書本闔上，問：「什麼事？」

「是關於小木頭先生的事情，」克莉絲說，「它做了一些奇怪的事。」

「啊？」鮑威爾太太頓時張大了雙眼，她的臉色從檯燈刺眼的光線底下看起來蒼白而疲憊。

「它想要勒死小巴掌。」琳蒂據實稟告，「而且今天下午它還說了一些粗野不堪的話，而且……」

「好了！」鮑威爾太太舉起一隻手來，大聲的打斷琳蒂，「別再說了！」

「可是，媽咪……」克莉絲正要開口。

「妳們別吵了。」鮑威爾太太不堪其擾的說，「我對於妳們之間無聊透頂的競爭感到厭煩。」

「不是這樣的，您不了解……」琳蒂插嘴說道。

「是的，我非常『了解』。」鮑威爾太太語氣嚴厲的說，「妳們兩個居然連那兩個木偶，都要拿來做比較。」

「媽咪，拜託！」

「我希望這件事到此爲止。」鮑威爾太太堅決的說，她輕輕的將書本扔在床頭几上，「我是說眞的，我不想再從妳們口中聽到任何關於那些木偶的事情。要是妳們有問題的話，自己去解決。」

「媽咪，聽我說……」

「要是妳們沒辦法解決，我就把木偶拿走，兩個一起送走，我可不是說著玩的。」

鮑威爾太太伸出手來，越過她的頭頂將檯燈關掉，頓時室內變成一片漆黑。

「晚安。」她說。

兩個女孩無計可施，只好離開，她們默默的步出走廊。

到了她們的臥室門口，克莉絲遲遲不敢踏進房裡，她很怕會再一次發現小木頭先生勒住小巴掌的喉嚨。當她看見那兩個木偶好端端的待在原先被放置的地方

這句英文怎麼說

你知道嗎？
You know what?

時，總算鬆了口氣。

「媽咪根本不肯聽我們的。」琳蒂說，她的眼睛溜溜的轉著，同時拿起小巴掌把它放在窗前的椅子上。

「我想她是睡著了卻被我們給吵醒了。」克莉絲回答。

她拿起小木頭先生朝椅子那邊走去……這時候她突然停下腳步，「妳知道嗎？我覺得今天晚上最好把它放進衣櫥裡。」她幾經思考後說道。

「好主意。」琳蒂說，隨即爬到床上。

克莉絲低頭俯視著木偶，預期著它會有所反應，開口抱怨，出言不遜的罵她。但小木頭先生只是仰著頭對她咧著嘴笑，它那著色的眼睛顯得無精打采，毫無生命力。

克莉絲不禁感到一陣莫名的恐懼。

我竟然會害怕一個木偶，她心想。

由於我的恐懼，所以今天晚上我要把它關在衣櫥裡。

她帶著小木頭先生走向衣櫥。輕輕發出一聲嘆息，然後將它高舉過頭小心的放入最上層的置物架上，謹慎的關上衣櫥的門，等聽到喳一聲，她才放心的回到床上。

她睡得很不安穩，一直在床上翻滾著，不斷的做著紛擾不安的夢。半夜她醒來時，發現自己的長睡衣扭成一團，把右手臂都壓麻了，她費了一會兒功夫才把睡衣拉直，然後再躺回床上。

她很早就醒了，渾身上下被汗水給浸溼了。窗外的天空灰濛濛的，天還沒亮。房間裡又悶又熱。她緩緩的坐了起來，覺得自己全身無力，好像根本就沒睡過一樣。她眨著眼趕走睡意，然後把目光移到窗前的椅子上。

只見小巴掌坐在椅子上，就是昨天晚上琳蒂放置它的地方。

而它的身旁，坐著小木頭先生，它的手臂還搭著小巴掌的肩膀，洋洋得意的對著克莉絲笑著，彷彿它剛剛成功的完成了一個令人拍案叫絕的玩笑。

11.

「聽好了，小木頭先生，你有去上學嗎？」

「當然有，要不然妳以為我是木偶嗎？」

「那你最喜歡上什麼課呢？」

「那還用說，當然是木工課。」

「小木頭先生，上木工課時，你製作的主題是什麼呢？」

「當然是一個女木偶！還會有別的嗎？哈——哈！難不成妳以為我這輩子都想要待在妳的腿上嗎？」

克莉絲將小木頭先生擺在膝蓋上，坐在梳妝檯的鏡子前，這時她正對著鏡子，練習學校音樂會的表演。

這句英文怎麼說？

她很早就醒了。
She awoke early.

這兩天來小木頭先生一直表現得循規蹈矩。沒有任何令人驚恐，或是不可思議的事情發生。克莉絲覺得心情好了許多。她想，或許現在起一切都會順利的進行。她傾身貼近鏡子，在她讓木偶開口說話時，仔細的觀察自己的嘴唇。

不過在嘴唇不動的情形下，不太可能正確的發出「B」和「M」的音，因此，她只好儘可能的避開這幾個音。

從小木頭先生的聲音回復到自己的聲音，在聲音轉換的這部分，我已經漸漸能夠掌握了，她開心的想。但是我必須轉換得更快一些，雙方交談的速度加快些，趣味性也會跟著增加。

「小木頭先生，讓我們再練習一遍。」她說，將椅子拉近鏡子一些。

「工作，除了工作，還是工作。」她讓木偶喃喃抱怨。

就在她正要展開練習的時候，琳蒂無聲無息的走進了臥房。直到琳蒂在她的身後出現，她才赫然從鏡子裡看見琳蒂。只見琳蒂那頭飄揚的長髮鬆散的披在肩上，臉上帶著興奮的笑容。

「妳猜發生了什麼事？」琳蒂問。

小巴掌和我要上電視了！
Slappy and I are going to be on TV.

克莉絲正準備回答，但是琳蒂並沒有給她開口的機會。

「那天佩翠耶太太也出席了愛咪．馬歇爾的生日派對。」琳蒂口沫橫飛的說，「她在第三頻道工作。妳知道的，那家電視臺，她認爲我的表現絕佳，足以去參加『天才奇技』，就是那個每週都會播出的節目。」

「噢？眞的嗎？」這是克莉絲僅有的回答。

琳蒂激動的跳起來，高聲歡呼，「小巴掌和我要上電視了！」她高叫，「這不是像在作夢一樣嗎？」

克莉絲注視著她姊姊在鏡子裡那副歡天喜地的模樣，感到一陣心如刀割般的妒意。

「我得去告訴媽！」琳蒂說，「嘿！媽！媽！」她從房間裡奪門而出，克莉絲聽見她一路大呼小叫的下了樓梯。

「啊……呼！」克莉絲忍不下這口氣，她怒氣沖沖的發出了一聲巨吼。

「爲什麼所有的好事都發生在琳蒂身上呢？」克莉絲大喊，「我要去主持一場或許只有上百個家長來參加的愚蠢音樂會——而她居然要上電視了！我和她一樣優秀，或許還比她更優秀一些呢！」

盛怒之下，她把小木頭先生高舉過頭用力的摔到地板上。

當木偶的頭部撞擊到硬木地板時，發出了碰的一聲，那張寬闊的嘴巴突然張開，彷彿要尖聲大叫一般。

「唉！」克莉絲極力使自己恢復鎮定。

小木頭先生癱倒在她腳下，滿腹委屈似的仰起頭來瞪視著她。

克莉絲將木偶抱了起來，像是在哄嬰兒般的將它貼靠在自己身上，「好了、好了，小木頭先生。」她輕聲的安撫著木偶。

「我弄痛你了嗎？是不是？我很抱歉，我不是故意的。」

木偶目不轉睛的瞪著她，它那一貫的笑容並沒有改變，但是它的眼睛裡看起來似乎多了一絲的冷酷和恨意。

那是個寂靜的夜晚。沒有半點風，臥房裡敞開的窗戶前的窗簾並沒有飄揚或是移動，銀白色的月光透射進來，形成了深長的紫色陰影，看起來像是悄悄的瀰

這句英文怎麼說

我的喉嚨好痛。
My throat is sore.

漫了整個房間。

琳蒂睡得很不安穩，輕淺的睡眠之中充滿著熱鬧而多采多姿的夢境，她被一個聲音驚醒——輕輕的碰一聲。

「嗯？」她從溼透了的枕頭上抬起頭來，轉頭一望。

有人在黑暗中移動著。她聽到的是腳步聲。

「嘿！」她輕聲叫道，她已經完全清醒了，「是誰呀？」

那個人影在門口處轉過身來，那是一個比房內的陰影更深的黑影。

「是我。」有一個聲音悄聲的回應。

「克莉絲嗎？」

「是的，我被吵醒了，我的喉嚨好痛。」克莉絲在門口處輕聲說道，「我正想要下樓，到廚房裡喝杯水。」

克莉絲消失在陰暗之中，琳蒂仍然抬著頭，聆聽著克莉絲的腳步聲一步一步的走下樓梯。當腳步聲逐漸消失之後，琳蒂閉上眼睛，把頭放低躺回枕頭上。

不一會兒，她聽到了克莉絲那充滿驚懼的尖叫聲。

12.

她的心臟噗通噗通的狂跳。琳蒂奮力的從床上下來，床單勾住她的腳，害她差一點跌倒。

克莉絲那令人毛骨悚然的尖叫聲在她耳邊迴盪著。她幾乎是三步併作一步的從漆黑的樓梯飛奔而下，赤裸的雙腳用力踏在鋪著薄地毯的階梯上碰碰作響。

樓下一片漆黑，只有廚房裡的黃色燈光透射出銀白色的光影。

「克莉絲——克莉絲——妳還好嗎？」琳蒂呼喚著，她的聲音在黑暗的走廊上聽起來微弱而驚慌。

「克莉絲？」

琳蒂在廚房門口停下腳步。她花了一點兒時間才對準了目光的焦點，這時候

這句英文怎麼說

冰箱裡空無一物。
The refrigerator was empty.

她才明白，原來那模糊不清的黃色燈光，是從冰箱裡發散出來的。

冰箱的門大剌剌的開著。

而且……冰箱裡空無一物。

「究竟……究竟發生了什麼事？」

她跨出一步走進廚房，然後再向前跨了一步。她的腳踩到一堆冰冷潮溼的東西。琳蒂倒抽了一口氣，往下一看，她看見自己踩進了一灘液體之中。

她腳邊有一個翻覆的牛奶紙盒，顯示出這一灘水是潑灑在地上的牛奶。

她將目光移向克莉絲，她正站在廚房另一端的黑暗之中，她的背緊貼著牆壁，害怕的舉起雙手遮住她的臉。

「克莉絲，這到底是——」

眼前的這一幕映入琳蒂的眼簾，整個景象看起來如此詭異，如此……不對勁！琳蒂花了很長的時間才看出全貌。

這時候，她隨著克莉絲那驚駭的目光，才看清了地板上一團混亂的情形。她終於明白爲什麼冰箱是空的。

冰箱裡的東西全被丟了出來，傾倒在廚房的地板上。一個柳橙汁的瓶子側身倒下，形成一小窪的柳橙汁水坑，雞蛋散落一地，蔬菜和水果則被亂撒在地板上。

「喔！」琳蒂不敢置信的發出呻吟聲。

所有的東西看起來都閃閃發亮。

在這些食物上面閃閃發光的東西是什麼呢？

是克莉絲的珠寶！

耳環、手鐲和珠串被扔得到處都是，並和被潑灑出來、傾倒一地的食物混雜在一起，乍看之下倒像是某種另類的沙拉。

「哦！不！」當她的視線停留在地板上的某個身影時，頓時發出一陣淒厲的尖叫。只見小木頭先生端坐在這一片混亂的食物上方，興高采烈的對著她咧嘴而笑。它的脖子上掛著好幾條珠串，耳朵上垂著長長的耳環，而腿上放著一大盤晚餐時剩下的雞肉。

這句英文怎麼說

這是誰做的？
Who did this?

13.

「克莉絲，妳還好嗎？」琳蒂大叫，將目光從那具齜牙咧嘴，全身珠光寶氣的木偶身上移開。

克莉絲似乎並沒有聽見。

「妳還好嗎？」琳蒂又問。

「這……這是怎麼回事？」克莉絲結結巴巴的說，她的背緊緊貼靠在牆上，露出因極度恐懼而繃緊的表情，「這……這是誰做的？是小木頭先生……？」

琳蒂正要回答，但是冷不防的從門口傳來的母親的怒斥聲，打斷了她的話。

「媽──」琳蒂大叫，不禁一陣暈眩。

鮑威爾太太啪噠一聲打開天花板上的電燈，廚房頓時大放光明，她們三個人

全眨著眼睛，適應這乍現的亮光。

「這到底是怎麼回事？」鮑威爾太太高聲問，她正想要叫喚她的丈夫，然後才想起來他並不在家，「我——我眞是不敢相信！」

巴吉蹦蹦跳跳的闖進廚房，牠的尾巴不停的搖擺，並低下頭去舔潑灑在地上的牛奶。

「出去。」鮑威爾太太厲聲說道，她抱起小狗，帶牠出去，並且關上廚房的門。然後她大步走到廚房中央，搖著頭，提起赤裸的腳勉強避開那一灘牛奶。

「我下樓來找水喝，然後我……我發現這個混亂的情景。」克莉絲顫抖著聲音說，「那些食物、我的珠寶，所有的東西……」

「是小木頭先生做的好事。」琳蒂大喊，「不信妳看！」

「好了，別說了！」鮑威爾太太罵道，「我不想再聽了！」

鮑威爾太太環顧眼前這片混亂的景象，不禁皺著眉頭扯著一小撮金髮，她的目光停留在小木頭先生身上時，忍不住發出厭惡的嘆息聲。

「我就知道。」她低聲說，並用責怪的眼神看著這兩個女孩，「我就知道這

這句英文怎麼說

可是我什麼也沒做啊！
But I didn’t do anything!

肯定是和那兩個木偶脫不了關係。」

「是小木頭先生，媽。」克莉絲激動的說，她從牆邊走了過來，雙手緊張得握成拳頭，「我知道這聽起來很愚蠢，但是……」

「不要再說了。」鮑威爾太太面色凝重的說，「這簡直是噁心，噁心透了！」她目不轉睛的盯著裝扮得珠光寶氣的木偶，只見它坐在一大盤的雞肉上，仰著頭對她露齒而笑。

「我要把這些木偶送走。」鮑威爾太太說，她轉過身去，背對著琳蒂和克莉絲，「實在是越來越不像話了。」

「不！」克莉絲大叫。

「那樣太不公平了。」琳蒂說。

「很抱歉，它們必須要被送走。」鮑威爾太太堅定的說，她把視線移向髒亂的地板上，再次發出厭煩的嘆息聲，「看看我的廚房。」

「可是我什麼也沒做啊！」琳蒂高喊。

「我需要小木頭先生去參加春季音樂會。」克莉絲抗議著說，「大家都等著看我的表演，媽。」

鮑威爾太太將目光投向她們兩人，最後停留在克莉絲身上，「在地板上的是妳的木偶，對吧？」

「是的。」克莉絲說，「可是這並不是我做的，我發誓！」

「妳們兩個都發誓不是妳們做的，對吧？」鮑威爾太太說，她的臉色在天花板上刺眼的燈光照射下，突然顯得非常疲憊。

「是的。」琳蒂很快的接口。

「我很抱歉，那麼妳們兩個的木偶都得送走。」鮑威爾太太說，「妳們之中有人在撒謊，我……我眞是不敢相信。」

這一刻，廚房裡充塞著一股沉重的寂靜，鮑威爾家的這三個人只能錯愕的俯視著地板上這一片混亂。

克莉絲率先打破僵局，「媽，要是琳蒂和我把這裡清理乾淨呢？」

琳蒂很快抓住這個機會，她的精神爲之一振，「是的，要是我們把所有的東西歸回原位，現在就把廚房打掃得乾乾淨淨，恢復原狀，妳能讓我們保有木偶

這句英文怎麼說

我會再給你們一次機會。
I'll give you one more chance.

嗎？」

鮑威爾太太搖搖頭，「不，我不這麼認為，看看這堆亂七八糟的東西，所有的蔬菜都不能吃了，還有這些牛奶。」

「我們用零用錢把這些東西全部買回來。」克莉絲立刻接口，「而且，我們會把廚房清理得乾乾淨淨，拜託嘛，請再給我們一次機會，好不好，媽？」

鮑威爾太太心裡盤算著，由於太過專注，她的表情顯得有些扭曲。她凝視著女兒們渴望的臉孔，「好吧，」她終於回答，「我希望明天早上我下樓時，廚房裡一塵不染，所有的食物、所有的珠寶、所有的東西，全都歸回原位。」

「沒問題。」兩個女孩異口同聲的回答。

「而且我不想再看到任何一個木偶在我的廚房裡出現。」鮑威爾太太要求，「要是妳們做得到，我會再給妳們一次機會。」

「太好了！」兩個女孩立刻大叫。

「還有我不想再聽到任何有關那兩個木偶的爭執。」鮑威爾太太繼續說，「不要再唇槍舌戰，不要再爭強好勝，不要再將一切怪罪到木偶身上，我不想再聽到任何關於它們的事情，永遠不要。」

「妳放心吧。」克莉絲一口答應，同時看了姊姊一眼。

「謝謝，媽。」琳蒂說，「妳先去睡，由我們來清理。」她輕輕的將母親推向門口。

「就這麼說定了。」鮑威爾太太提醒她們。

「是的，媽。」這對孿生姊妹表示同意。

她們的母親朝臥房走去後，她們便開始清理。克莉絲從抽屜裡取出一個大型垃圾袋，由她拿著袋子，琳蒂將空紙盒和受損的食物扔進袋子裡。

克莉絲仔細的挑出她的珠寶帶到樓上去。

兩個女孩都沒有開口說話。她們默默的工作，從歸類、清理，再用拖把擦地，直到把廚房整理乾淨。最後，琳蒂關上冰箱的門，同時大聲的打了個呵欠。

克莉絲趴著檢視地板，確定地板上已經一塵不染了，然後她拾起小木頭先生，它對她報以微笑，彷彿這一切不過只是一個稍嫌過火的惡作劇。

這個木偶就只會製造麻煩，克莉絲心想。

這句英文怎麼說

光是會惹事生非。
Nothing but trouble.

光是會惹事生非。

她尾隨著琳蒂走出廚房，當她離開時，啪噠一聲關掉了電燈。兩個女孩默不作聲的爬上樓梯，兩人都不發一語。

暗淡的月光經由敞開的窗戶透射到她們的臥房裡，房裡的空氣感覺上又溼又熱的。

克莉絲看了時鐘一眼，已經是凌晨三點多了。

小巴掌萎靡不振的坐在窗前的椅子上，月光照在它那露齒而笑的臉上。

琳蒂呵欠連連的爬上床，她推開毯子，拉開床單，把臉轉到另一邊去，不理會她的妹妹。

克莉絲從肩膀上將小木頭先生放下來。你眞是成事不足，敗事有餘，她忿忿的想著。她將它擺在面前，瞪視著它那張微笑的臉孔。

成事不足，敗事有餘。

小木頭先生那張得大大的、不懷好意的微笑看起來像是在嘲弄她。

她的怒氣裡夾雜著一股因畏懼而產生的寒意。

我開始討厭這個木偶了，她心想。

既畏懼又厭惡。

一氣之下，她打開衣櫥的門將木偶扔進衣櫥裡，只見它墜落在衣櫥底部，不成人形的癱倒在那兒。

克莉絲猛的將衣櫥的門關上。

她的心怦怦的跳，她爬上床拉高了被單，突然覺得疲累不堪，全身上下疼痛不已。

她把臉埋在枕頭裡閉上眼睛。

正要睡著時，卻聽到了微弱的聲音。

「放我出去！快放我出去！」它大叫，一種悶塞的聲音從衣櫥裡傳了出來。

這句英文怎麼說

我開始討厭這個木偶了。
I'm beginning to hate this dummy.

14.

「放我出去！放我出去！」那尖銳的聲音發狂似的高喊著。

克莉絲在錯愕之中坐起身來，她被驚嚇得全身發抖。

她的目光投向另一張床，琳蒂毫無動靜。

「妳……妳聽見了嗎？」克莉絲結巴的說。

「聽見什麼？」琳蒂昏昏欲睡的問。

「那個聲音。」克莉絲輕聲說，「在衣櫥裡。」

「嗯？」琳蒂睏倦的問，「妳在說什麼？現在是凌晨三點鐘了，還不想睡嗎？」

「可是，琳蒂……」克莉絲伸出腳踩在地板上，她的心臟在胸口急遽的跳動著，「醒醒，聽我說，是小木頭先生在叫我，是它在說話！」

琳蒂抬起頭來仔細聆聽。四下寂靜無聲。

「我什麼也沒聽見，克莉絲，是真的，或許是妳在作夢吧。」

「不！」克莉絲發出淒厲的尖叫，她覺得自己快要崩潰了，「那不是夢，我好害怕，琳蒂，我真的好害怕！」

突然間克莉絲全身上下不停的顫抖，眼淚就像潰堤般一發不可收拾。

琳蒂站起身來，走到了妹妹的床邊。

「可怕的事情一件又一件的發生，琳蒂。」克莉絲哽咽的說。

「而且我還知道是誰在搞鬼。」琳蒂輕聲說，她俯身摟著孿生妹妹，伸出安慰的手搭在她那不停顫抖的肩膀上。

「嗯？」

「是的，我知道這一切是誰搞的鬼。」琳蒂輕聲說：「我知道是誰。」

「誰？」克莉絲驚訝得不敢喘氣的問。

這句英文怎麼說

我知道這一切是誰搞的鬼。
I know who's been doing it all.

15.

「是誰？」克莉絲顧不得淚流滿面，追問著，「到底是誰？」

「是我。」琳蒂說。她原本抿著嘴微笑，後來終於忍不住笑開了，她的嘴看起來幾乎和小巴掌的一樣寬。她閉上眼睛放聲大笑。

「什麼？」克莉絲還是沒聽懂，「妳說什麼？」

「我是說這全都是我的傑作。」琳蒂又說了一遍，「是我。我做的，不過那只是鬧著玩的。克莉絲，妳又被騙了。」她點點頭，彷彿在強調她說的是眞話。

克莉絲目瞪口呆的凝視著她的孿生姊姊，不敢置信的問：「那只是在鬧著玩的？」

琳蒂不住的點頭。

「那天晚上是妳拿走小木頭先生的？是妳幫它穿上我的衣服，讓它對我說出那些粗鄙不堪的話？是妳把它放在廚房裡？是妳一手製造出那場令人觸目驚心的混亂？」

琳蒂低聲輕笑著說：「沒錯，我的確是嚇到妳了，是吧？」

克莉絲怒不可遏的握緊了雙拳，「可是——可是——」她急促的問：「這是爲什麼呢？」

「好玩啊！」琳蒂回答，她樂不可支的跌坐在自己的床上，依然笑得合不攏嘴來。

「好玩？」

「我想看看能不能嚇到妳。」琳蒂說，「純粹只是鬧著玩的，我原本還不太相信妳居然會被剛剛那個衣櫥裡的聲音給騙了，看來我眞是一個傑出的腹語表演者呢！」

「可是，琳蒂——」

「妳眞的相信小木頭先生活過來了呀？」琳蒂說著，一邊爆出大笑，顯然對

這句英文怎麼說

我想看看能不能嚇到你。
I wanted to see if I could scare you.

這次的勝利滿意透了，「妳真是蛋哪！」

「蛋？」

「笨蛋的一半！」琳蒂猛然發出一陣狂笑。

「這並不好笑。」克莉絲輕輕的說。

「我知道。」琳蒂回答，「妳在樓下看到小木頭先生戴著妳心愛的珠串和耳環的那一幕真是精彩！妳真的應該看看當時妳臉上的表情！」

「妳……妳怎麼會想出這種卑劣的玩笑呢？」克莉絲問。

「那完全是臨時突發奇想的。」琳蒂帶著些許的自豪回答，「就在爸爸送給妳那個木偶的時候。」

「妳不希望我也有一個木偶。」克莉絲想了一會兒之後說道。

「答對了。」琳蒂很快的接口，「我想要改變現狀，想擁有屬於我個人的東西。我對妳一再盲目的模仿我，實在厭煩透頂了，所以……」

「所以妳想出這種卑劣的玩笑。」克莉絲指責她。

琳蒂點點頭。

克莉絲忿忿的大步走向窗戶，將前額貼在窗玻璃上，她喃喃的說：「我……我眞不敢相信，自己居然會這麼蠢。」

「我也不敢相信。」琳蒂臉上掛著微笑，得意的附和著。

「妳眞的讓我以爲小木頭先生活過來了。」克莉絲說，她將目光投向窗外下方的後院，「妳眞的讓我對它心生畏懼。」

「我是不是才華洋溢？」琳蒂大言不慚的表示。

克莉絲轉過頭來面對著她的姊姊，她氣憤的說：「我再也不跟妳說話了。」

琳蒂聳聳肩，「我只不過是開個玩笑而已嘛。」

「不！」克莉絲堅持的說：「妳做出這麼惡劣的事，怎麼算是在開玩笑呢？我絕對不會再跟妳說話了，絕對不會！」

「很好。」琳蒂傲慢的回答，「隨便妳，我原本還以爲妳有點幽默感呢！」

她鑽進被窩裡背對著克莉絲，並拉高床單蓋在頭上。

以牙還牙。我得想個辦法報復她，克莉絲心想，但是，該怎麼做呢？

這句英文怎麼說

我再也不跟你說話了。
I'm never speaking to you again.

16.

過了幾天，有一天放學後克莉絲和寇迪一起步行回家。那是一個炎熱、潮溼的下午，路旁的樹木全都靜止不動，只在人行道上留下少許的樹蔭，街道在豔陽曝曬下浮起一陣陣晃動的熱氣。

「眞希望我家有一座游泳池。」克莉絲喃喃自語，一邊卸下肩膀上的背包。

「我也希望妳的願望成眞。」寇迪說著，一邊抬起手直接用紅色T恤的袖子擦了擦額頭。

「我想要跳進一個裝滿冰紅茶的大水池裡。」克莉絲說，「就像電視廣告裡的那樣，那一幕看起來總是那麼的冰涼、舒暢。」

寇迪皺了皺眉，說：「在冰紅茶裡游泳？加上冰塊和檸檬？」

「當我沒說。」克莉絲嘟囔著。

他們穿過街道，一群他們熟識的小孩騎著腳踏車從旁邊經過，街角的一幢房屋的牆上有兩個身穿白制服的男人站在梯子上，正忙著粉刷水管。

「他們一定很熱。」寇迪說。

「我們換個話題吧。」克莉絲提議。

「妳和小木頭先生相處的如何？」寇迪問。

「還不錯。」克莉絲說，「我已經抓到了好幾個不錯的笑話，應該足以應付明天的音樂會。」

他們在街角停下腳步，讓一輛發出轟隆巨響的大型藍色卡車先行通過。

「妳有和妳姊姊說話嗎？」他們穿過街道時寇迪問，燦爛的陽光使他那頭金髮閃閃發亮。

「偶爾吧。」克莉絲板著臉說，「我是跟她說話了，但我並沒有原諒她。」

「她何必要那種窮極無聊的把戲呢！」寇迪語帶同情的說，他又用T恤的袖子擦掉前額的汗水。

這句英文怎麼說

我們換個話題吧。
Let’s change the subject.

「她把我耍得團團轉，害我真的覺得自己像個傻瓜似的。」克莉絲說，「我是說，我實在太蠢了，竟然會相信所有的一切都是小木頭先生做的。」克莉絲不禁搖著頭，只要一想到這件事就讓她渾身不自在。

她家就在眼前，她拉開背包後方隔層的拉鍊，伸手在裡頭找鑰匙。

「妳有跟妳媽媽提到琳蒂這次惡作劇的事嗎？」寇迪問。

克莉絲搖搖頭，「我媽對這些事情厭煩透了，她不准我們跟她談論木偶的事，昨天晚上我爸爸從波特蘭回來，媽告訴他這幾天發生的一切，他也氣壞了，同樣不准我們再向他提木偶的事。」她找出了鑰匙踏上車道，說：「謝謝你陪我走回來。」

「不客氣。」寇迪向她揮手道別，繼續向他家走去。

克莉絲將鑰匙插入前門的鎖孔，她聽到門的另一端，巴吉正興奮得亂跳亂叫。

「我就要進來了，巴吉。」她向門內呼喊，「再忍耐一下。」

她推開門，巴吉一躍而上跳到她身上，彷彿她已經離家好幾個月似的拚命撒嬌，不斷發出低吠聲。

「好了，好了！」她笑著大叫。克莉絲好不容易才讓小狗平靜下來，隨後她到廚房裡拿出小點心，上樓到臥房裡和小木頭先生一起練習。

她從椅子上拿起一整天都待在琳蒂的木偶旁邊的小木頭先生，把它放在肩上，一手拿著一罐可樂，走向梳妝檯在鏡子前面坐了下來。

這是一天當中進行排練的最佳時刻，克莉絲心想，沒有人在家，她的父母還沒下班，琳蒂則還在參加課外活動。

她將小木頭先生安置在膝蓋上。「工作時間到了。」她讓它說，並將手伸進它背後去移動它的嘴唇，讓它的眼睛左右擺動。

克莉絲發現小木頭先生那件格子襯衫的一個鈕扣鬆開了，於是將它放下來斜靠在梳妝檯上，幫它把扣子扣上。

這時，有件東西吸引了她的目光，她發現它的衣袋裡有個黃色的東西。

「眞是怪了！」克莉絲提高了聲音說，「我怎麼從來都沒有注意到這裡面有東西？」

這句英文怎麼說

工作時間到了。
Time to go to work.

她用兩根手指頭伸進狹小的口袋裡，拿出了一張泛黃且摺疊起來的紙條。或許只是商店開的收據，克莉絲心想。

她打開紙條，拿起來一看究竟。那並不是一張收據，紙條上只有一段黑色墨水寫的粗體字，筆跡非常工整，克莉絲並不認識這段句子所使用的文字。

「這是不是別人送給你的愛的箋言，小木頭先生？」她向木偶問道。

它仰著頭，面無表情的望著她。

克莉絲把那張紙條拿得更近一些，大聲念出上面那段不明含義的句子——

「卡魯、瑪里、歐多那、羅嘛、摩羅努、卡雷諾。」

這究竟是哪一國的語言啊，克莉絲不禁感到好奇。

她低頭看了木偶一眼，發出驚訝的輕呼聲。

小木頭先生看起來像是在眨眼睛。但是那是不可能的——不是嗎？

克莉絲深深的吸了一口氣，再慢慢的吐出來。木偶仰望著她，那經由描繪而成的眼睛一如往常般的呆滯，而且睜得大大的。

別再胡思亂想了，克莉絲不禁罵了自己一句。

「該準備工作了，小木頭先生。」她告訴它，然後將那張泛黃的紙條摺起來，塞回小木頭先生襯衫的口袋裡。

接著，她把木偶提高成坐姿，伸手去摸眼睛和嘴部的控制裝置。

「你身上各個部位的情況如何，小木頭先生？」

「不太妙，克莉絲。我得了白蟻病，我可不希望頭上再出現另一個洞！哈——哈！」

「琳蒂！克莉絲！請妳們到樓下來，好嗎？」鮑威爾先生從樓梯下方叫喚著。

這時是晚餐過後。這對孿生姊妹在樓上的臥房裡，琳蒂趴臥在床上，正在讀一本課堂上的書籍，克莉絲則是在梳妝檯的鏡子前面，正為了明天晚上的音樂會靜靜的和小木頭先生進行排練。

「有什麼事嗎，爸爸？」琳蒂翻了翻白眼，對樓下喊道。

「我們正在忙。」克莉絲高聲說，她將木偶移到腿上。

「米勒夫婦來了，他們迫不及待想要見識一下妳們的腹語術表演。」

這句英文怎麼說

有什麼事嗎，爸爸？
What do you want, Dad?

她們的父親向樓上高喊。琳蒂和克莉絲同時嘆了口氣，米勒夫婦是住在隔壁的一對年長的夫妻，他們的爲人很好，但是卻很無趣。

這對孿生姊妹聽見鮑威爾先生上樓的腳步聲，不久之後，他探頭出現在她們的臥房門口，「快一點，女孩們，就爲米勒夫婦表演一段簡短的節目就好，他們正好來家裡喝杯咖啡，我們向他們提到妳們的木偶。」

「可是我得爲明天晚上的演出加緊排練。」克莉絲不肯就範。

「那就在他們的面前排練。」她的父親提議，「快一點，只要表演個五分鐘就好了，他們會很高興的。」

兩個女孩發出一聲聲的嘆息，終於表示同意。她們把各自的木偶扛在肩膀上，隨著鮑威爾先生下樓來到客廳。

米勒夫婦並肩坐在長沙發椅上，咖啡杯就擱在面前的矮桌上，當這對姊妹到場時，他們面帶微笑表示熱烈的歡迎。

克莉絲始終爲米勒夫婦如此相像而感到莫大的震撼，他們兩人都擁有一張瘦長的臉，臉色粉嫩，頭上則覆蓋著鬆軟柔細的白髮，都戴著銀框的遠近視兩用眼鏡，眼鏡則向下滑落，掛在外型幾乎一模一樣的尖翹鼻子上，他們笑起來的樣子也像極了，只不過米勒先生的嘴唇上方留著一小撮灰鬍子。琳蒂總是打趣的說，米勒夫婦就是藉由這撮鬍子才能認出彼此。

是不是夫妻結婚的時間久了之後，就會變成這樣呢？克莉絲發現自己陷入了沉思。是不是結婚久了，就會變得像是一個模子刻出來的呢？

米勒夫婦甚至連穿著都一樣，白色棉質運動衫，搭配寬鬆的黃褐色百慕達式短褲。

「幾個星期前琳蒂和克莉絲開始練習腹語術表演。」鮑威爾太太說明，她坐在一把有扶手的椅子上傾身向前看著兩個女兒，並示意她們到客廳中央，「而且她們兩個似乎在這方面都有點天份。」

「妳們聽過柏根和麥卡錫嗎？」米勒太太微笑著問。

「誰？」琳蒂和克莉絲異口同聲的問。

「那是妳們還沒出生之前，」米勒先生低聲笑著說，「他們是腹語術演員。」

「妳們可以爲我們表演嗎？」米勒太太問，她拿起咖啡杯放在腿上。

這句英文怎麼說

你們可以為我們表演嗎？
Can you do something for us?

鮑威爾先生將一張餐椅拖到客廳中央，「來吧，琳蒂，妳先上場表演吧！」他轉向米勒夫婦，「她們眞的很棒，等一下你們就會見識到。」他說。

琳蒂坐了下來把小巴掌擺在腿上，米勒夫婦隨即鼓掌，米勒太太還差一點把咖啡灑出來，所幸她及時握穩了咖啡杯。

「不必掌聲鼓勵，只要扔出錢來就好！」琳蒂讓小巴掌開口說，所有的人頓時哈哈大笑，彷彿他們從不曾聽過這樣的開場白。

當琳蒂在表演小段的對口相聲時，克莉絲在樓梯口冷眼旁觀。

琳蒂確實是很棒，她不得不承認，整段表演流暢極了。米勒夫婦樂不可支，笑得臉都漲紅了，他們連臉紅的程度都一模一樣。米勒太太笑的時候，還一直緊握著她先生的膝蓋。

琳蒂的表演在一陣熱烈的鼓掌喝采聲中結束，米勒夫婦對她精彩的表現讚不絕口，琳蒂告訴他們她將要去上電視節目的消息，他們連聲保證絕對不會錯過，「我們會把節目錄下來。」米勒先生說。

接著，克莉絲在餐椅上就定位，讓小木頭先生坐在她腿上，「這是小木頭先生。」她告訴米勒夫婦，「我們將在明天晚上共同主持學校舉辦的春季音樂會，請你們預先欣賞一段演出。」

「這是一個外型出色的木偶。」米勒太太輕聲的說。

「你也是一個外型出色的木偶。」小木頭先生突然發出粗野而刺耳的咆哮聲說道。

克莉絲的母親嚇得倒抽了一口氣，米勒夫婦的笑容頓時消失了。

小木頭先生坐在克莉絲腿上，傾身向前瞪視著米勒先生，「那是鬍子嗎？還是你剛剛吃了一隻老鼠？」它粗聲粗氣的問。

米勒先生不自在的看了他太太一眼，隨後勉爲其難的擠出一聲輕笑，他們一起發出笑聲。

「別笑得太用力，你會把假牙笑掉的。」小木頭先生高聲說著，「而且你怎麼會把一嘴牙齒弄成那種噁心的黃顏色？是不是你的口臭造成的？」

「克莉絲！」鮑威爾太太大叫，「夠了！」

這時米勒夫婦滿臉通紅，表情顯得相當難堪。

這句英文怎麼說

別笑得太用力。
Don't laugh so hard.

「那並不好笑，立刻向米勒夫婦道歉！」鮑威爾先生堅持著，他穿過客廳在一旁催促著克莉絲。

「我……那根本就不是我說的呀！」克莉絲結結巴巴的說，「真的，我……」

「克莉絲——快道歉！」她的父親生氣的下令。

小木頭先生轉向米勒夫婦，「我很抱歉。」它發出沙啞的聲音，「對於你的醜陋，我感到抱歉！對於你的年老和無知，我也同樣感到抱歉！」

米勒夫婦不悅的彼此相望。「我不懂她的幽默。」米勒太太說。

「那簡直是粗野無禮的侮辱。」米勒先生靜靜的回答。

「克莉絲——妳是怎麼回事！」鮑威爾太太質問，她穿過了客廳站在鮑威爾先生的身旁，「妳太令人失望了，立刻向米勒夫婦道歉！」

「我……我……」克莉絲緊緊的環抱住小木頭先生的腰際，她站了起來，

「我……我……」她想要開口說抱歉，但是卻發不出聲音來。

「抱歉！」她好不容易才發出一聲尖銳的吶喊，然後帶著羞愧的啜泣聲，轉身跑上樓梯，淚水不停的從她的臉上奔湧而下。

17.

「妳一定要相信我！」克莉絲用顫抖的聲音高聲說道，「那些話真的不是我說的，全部都是小木頭先生自己說的。」

琳蒂翻了翻白眼，「我可不想聽這種愚蠢的話。」她以一種嘲諷的語氣喃喃抱怨著。

琳蒂跟著克莉絲來到樓上。樓下的客廳裡，她的父母還在向米勒夫婦致歉。這會兒，克莉絲正坐在她的床邊，頻頻擦拭臉頰上的淚水；琳蒂則是雙手抱在胸前，站在梳妝檯前面。

「我從來不會開那種侮辱人的玩笑。」克莉絲說，她瞄了小木頭先生一眼，剛才她隨手一扔，把小木頭先生扔得癱倒在地板中央，「妳知道的，那可不是我

這句英文怎麼說

那不是在開玩笑。
It's not a joke.

認爲的幽默感。」

「既然如此，妳爲什麼又要那樣？」琳蒂質問，「爲什麼要讓大家生氣呢？」

「我沒有！」克莉絲大叫，她使勁扯著兩側的頭髮，「那些話都是小木頭先生說的！我沒有！」

「妳怎麼老是要模仿我呢？」琳蒂厭煩的問，「那種玩笑我早就玩過了，克莉絲，難道妳就不能自己想出一些有原創性的東西嗎？」

「那不是在開玩笑。」克莉絲堅持的說，「爲什麼妳就是不相信我呢？」

「別再說了。」琳蒂回答，她搖搖頭，雙手仍然抱在胸前，「說什麼我也不會被相同的技倆給騙了的。」

「琳蒂，拜託！」克莉絲懇求著，「我嚇壞了，我是眞的嚇壞了。」

「是啊，我知道。」琳蒂挖苦的說，「我也一樣嚇得渾身發抖，哇，妳眞是要到我了，克莉絲，這下子我總算見識到，妳也能變出好玩的把戲。」

「閉嘴！」克莉絲猛然大叫，她的眼角湧出更多的淚水。

「哭得就像眞的一樣。」琳蒂說，「但還是騙不了我，而且也騙不了媽媽和

爸爸。」

她轉身拿起小巴掌，「也許小巴掌和我應該再多練習一些笑話，妳今天晚上這麼一表演，媽咪和爸爸說不定會不讓妳參加明天晚上的音樂會。」

她把小巴掌背在肩膀上，跨過癱倒在地的小木頭先生，快步走出臥房。

大禮堂的後臺又熱又嘈雜，克莉絲感到口乾舌燥，她不斷的走到飲水機去喝幾口溫水。

在布幕的另一端，觀眾的聲音似乎要將四面牆壁和天花板給震垮似的，當整個大禮堂逐漸坐滿觀眾時，嘈雜的聲音越來越大，克莉絲也越來越緊張。

我有辦法在這麼多人面前表演嗎？她問自己。她悄悄的掀開布幕的一角向外眺望，看見她的父母就坐在第三排右側。

一看見他們，克莉絲不禁回想起前一天晚上的情景，她的父母決定將她禁足兩個星期，做為她冒犯米勒夫婦的處罰，他們原本還打算不讓她出席這次的音樂會。

這句英文怎麼說

你的手黏答答的。
Your hands are clammy!

克莉絲凝視著成群的大人和孩童們排成縱隊進入大禮堂，其中有幾張熟悉的臉孔。她覺得自己雙手冰冷，喉嚨又乾又澀。

別把這些人當成觀眾，她告訴自己，就把他們看做是一群孩子和家長，而且絕大多數都是熟識的人。

沒想到，這麼一來反而讓她更緊張了。

她放下布幕，又急急的走到飲水機去喝了一口水，然後將小木頭先生從先前放置的桌子上拿過來。

布幕的另一端忽然變得鴉雀無聲，音樂會即將開始。

「讓他們笑歪吧！」就在她匆匆趕過去和其他合唱團成員會合時，琳蒂在遠處向她高聲喊道。

「謝了。」克莉絲有氣無力的回答。她將小木頭先生高舉起來，整理它的襯衫，「妳的手黏答答的。」她讓它開口說。

「今天晚上不准再出言不遜。」克莉絲一本正經的告訴它。

令她震驚的是，木偶的眼睛眨了一下。

「嘿！」她驚呼。她並沒有去觸碰它眼睛的控制裝置啊。

她心中生起一股遠勝於怯場的恐懼感。也許我不應該繼續這麼下去，她心想。她目不轉睛的盯著小木頭先生看，等待著它再度眨動眼睛。

也許我應該說我身體不舒服，無法和它上臺表演。

「妳很緊張嗎？」一個聲音在耳邊響起。

「啊？」一開始，她以爲是小木頭先生，但是很快的她便發現是柏曼太太，那位音樂老師。

「是的，有一點。」克莉絲坦承，她感覺到自己的臉熱得發燙。

「妳會一鳴驚人的。」柏曼太太深具信心的說道，並伸出一隻微微汗溼的手緊握著克莉絲的肩膀。她是一位體型肥胖的婦人，有著好幾層的下巴和一頭烏黑的頭髮，嘴上塗著紅色唇膏。她穿著一件寬鬆的長禮服，上面有著紅色和藍色花紋的圖案。

「要開場了。」她說，再一次緊握了克莉絲的肩膀。

接著，她邁開腳步走到舞臺上，在聚光燈刺眼的白色強光照射下不停的眨著

這句英文怎麼說

你會一鳴驚人的。
You'll be terrific.

眼，介紹克莉絲和小木頭先生出場。

眞的要上場嗎？克莉絲問自己。我行嗎？

她的心臟跳動得非常劇烈，完全聽不見柏曼太太的介紹詞。忽然觀衆席響起一陣鼓掌喝采聲，克莉絲發覺自己正一步一步的穿過舞臺，走向麥克風所在的位置，雙手捧著小木頭先生。

柏曼太太那件滿是花紋的禮服飄揚了起來，她正朝著後臺走去，當她們擦身而過時，她對著克莉絲微微一笑，並且向克莉絲使了一個加油的眼色。

克莉絲瞇著眼睛躲避著明亮的聚光燈，走到了舞臺的中間。她只覺得嘴裡像棉花般的乾燥，很懷疑自己是不是能夠發出聲音來。

一張專爲她準備的折疊椅已經安置在臺上，她坐了下來，將小木頭先生擺放在腿上，這時候她才發現麥克風的位置太高了。

這個情景立刻引起觀衆席上一陣竊竊私語的輕笑聲。

困窘之餘，克莉絲站了起來，用單手將小木頭先生夾在腋下，試著將麥克風的高度降低。

「遇上麻煩了嗎？」柏曼太太從舞臺的一側喊道，她連忙趕上前來協助克莉絲。

不料，這位音樂老師還沒走到一半的距離，小木頭先生冷不防的傾身靠向麥克風，「這個大胖子是什麼時候上來的？」它瞪視著柏曼太太的禮服，以刺耳的聲音粗魯的說。

「什麼？」她錯愕的停下了腳步。

「妳的臉讓我想起以前我割除的一顆樹瘤。」小木頭先生對著這位受到驚嚇的婦人大聲咆哮。

驚慌之餘，她不禁張大了嘴巴，叫道：「克莉絲！」

「要是我們來計算一下妳的下巴，不知道能不能算出妳的年齡？」

觀眾席上傳出了幾聲笑聲，其中更夾雜著驚呼聲。

「克莉絲——夠了！」柏曼太太大叫，連麥克風都接收到她那憤怒的抗議聲。

「怎麼會夠！妳的禮服還夠給兩個人穿呢！」小木頭先生不懷好意的說著，「要是再胖一點，妳恐怕就需要專屬的郵遞區號了！」

這句英文怎麼說

我要求你立刻道歉。
I'm going to ask you to apologize.

「克莉絲——別鬧了！我要求妳立刻道歉。」柏曼太太滿臉通紅的說。

「柏曼太太，我……我沒有！」克莉絲結結巴巴的說著，「這些話不是我說的！」

「請妳馬上道歉，對我和所有的觀眾道歉。」柏曼太太嚴正的要求道。

小木頭先生傾身靠向麥克風，「要道歉嗎？看好了！」它厲聲叫道。

只見木偶的頭部向後仰，它的下顎往下掉，張開它的血盆大口。

剎時一股黏稠的綠色液體從它口中激射而出。

「好噁心！」有人忍不住尖叫出來。

那綠色液體乍看之下像是碗豆的湯汁，從小木頭先生的口中噴出來，就像是從消防水管噴湧而出的水柱。

當這股黏稠的綠色液體如雨點般落在前排觀眾的身上，頓時嚇得大家紛紛發出尖叫聲和呼救聲。

「快阻止它！」

「救命啊！」

「來人啊——去把它關掉！」

「好臭啊！」

克莉絲被嚇得楞在那兒。她看著越來越多令人作嘔的液體，不斷的從木偶咧開的口中傾洩而出。

只聞到一股腐朽的惡臭——那氣味像是過期的牛奶、腐臭的雞蛋、燃燒的橡膠、腐壞的肉類——從液體的表面竄起來。那些液體蔓延了整個舞臺，流到了前排的座位上。

由於被聚光燈遮住了視線，克莉絲看不見她前方的觀眾，但是她聽見了啜泣聲、作嘔聲，以及狂亂的求救聲。

「離開禮堂！全部撤出禮堂！」柏曼太太高喊著。

克莉絲聽到雜亂的腳步聲和地板摩擦發出的沙沙聲，人群一路推擠著踏上走道，步出了大門。

「臭死了！」

「我快要受不了了！」

這句英文怎麼說

我不知道你是怎麼辦到的。
I don’t know how you did that.

「有人嗎——？快來救救我！」

克莉絲伸出手來想要封住木偶的嘴巴，但是那股腐臭的綠色液體卻開始冒出泡沫，強勁的噴湧而出，將她的手衝開。

就在這時，突然一股來自身後的力量將她推離了舞臺，使她離那些正逃離禮堂、大聲喧嘩的群眾越來越遠，終於脫離了聚光燈的照射範圍。

等到她來到了後臺，才發覺原來是柏曼太太把她推走的。

「我——我不知道妳是怎麼辦到的，也不知道妳爲什麼這麼做！」柏曼太太氣憤的大喊，她發狂似的不斷拍著禮服，想把那些噁心的綠色液體所留下的污漬清除掉，「但是我肯定會看到妳被停學，克莉絲！而且要是我來處理的話，」她氣急敗壞的說，「這輩子妳別想再來上課了！」

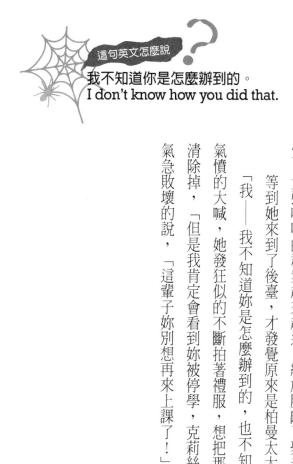

18.

「好了，把門關上。」鮑威爾先生以嚴峻的口吻說，並怒視著克莉絲。

他站在克莉絲身後相隔幾吋的地方，雙手橫抱在胸前，確認克莉絲有沒有照他的指示做。

只見克莉絲小心的將小木頭先生以對摺的方式摺疊起來，塞進衣櫥置物架的底層，然後關上衣櫥門，並且仔細的確認門已經關緊了。

琳蒂坐在她的床上冷眼旁觀，表情顯得有些不安。

「衣櫥的門上鎖了嗎？」鮑威爾先生問。

「不，還沒有。」克莉絲低著頭告訴他。

「那麼，還是先鎖上比較妥當。」他說：「等到星期一，我會把它送回當鋪，

這句英文怎麼說

我們明天再談。
We'll talk tomorrow.

在那之前，不許帶它出來。」

「可是，爸爸……」

他舉起一隻手制止她。

「我們應該先討論一下。」克莉絲懇求道，「你先聽我說，今天晚上所發生的事……已經不單是一個惡作劇，我……」

她的父親轉過身背對著她，臉上露出凝重的神情，「克莉絲，很抱歉，我們明天再談，畢竟妳媽媽和我……我們都太生氣、心情太惡劣了，不適合現在來談。」

「可是，爸爸……」

鮑威爾先生無視於她的懇求，自顧自的衝出房間。她傾聽著他的腳步聲沉重而匆忙的走下樓梯，然後她緩緩的轉向琳蒂，「現在妳該相信我了吧？」

「我……我不知道要相信什麼。」琳蒂回答，「那實在是太令人意想不到了……太難以置信。」

「琳蒂，我……我……」

「爸爸說的對，我們明天再談。」琳蒂說，「我相信到了明天所有的事就會弄清楚，也會平息下來。」

然而，克莉絲卻睡不著，她輾轉反側，心情煩躁，一點睡意也沒有。

她拿起枕頭蓋在臉上，一直維持這個姿勢好一會兒，希望能夠慢慢睡著，不過後來她還是把枕頭扔到了地板上。

我恐怕再也無法安心睡覺了，她想。

每當她閉上眼睛，禮堂裡那一幕觸目驚心的景象就浮現在眼前。她聽到那些觀眾錯愕的驚叫聲，那些孩童和他們的家長尖叫著。她也聽見當那股腐臭黏稠的液體不斷噴灑在眾人身上時，大家的尖叫聲變成作嘔的呻吟。

眞是太噁心了，噁心到無以復加的地步。

而且所有的人都在責怪她。

我的人生就這麼毀了，克莉絲想，我再也無法回復原來的生活，我再也無法去上學，我再也無法在任何地方出現。

毀滅了，我的一生，毀滅在那個愚蠢的木偶手中。

這句英文怎麼說

而且所有的人都在責怪她。
And everyone blamed her.

隔壁床上，琳蒂正以一種和緩而穩定的節奏輕輕的打著鼾。

克莉絲將目光轉向臥房的窗戶，窗簾垂懸下來蓋住了整個窗戶，暗淡的月光從屋外透射進來。小巴掌坐在它平時的位置——窗戶前的椅子上，彎身成兩半，它的頭垂落在兩個膝蓋之間。

愚蠢的木偶，克莉絲沉痛的想，愚蠢至極。

而現在我的人生全毀了。

她看了報時鐘一眼，一點二十分。她聽到窗戶外面，掠過一陣低沉而隆隆作響的聲音，然後是一個輕輕的剎車聲。或許是一輛大卡車經過吧。

克莉絲打了一個呵欠，她閉上眼睛，眼前卻又浮現小木頭先生口中噴出綠色黏液的駭人景象。

是不是只要我一閉上眼睛，就得再看見一次呢？她不禁懷疑。

究竟是怎麼回事？爲什麼所有的人都把這麼……這麼難以解釋的情況，怪罪到我的頭上。

卡車轟隆隆的聲音在遠處漸漸消失。

就在這時克莉絲又聽到另一個聲音，一種沙沙作響的聲音。

一個輕輕的腳步聲。

有人在走動。

她吸了一口氣，屏住呼吸仔細聆聽著。這會兒又靜了下來，四下一片沉寂，她甚至聽得到自己的心臟發出怦怦的重擊聲。

這時又一個輕輕的腳步聲出現。一個黑影動了一下。

衣櫥的門盪開了。

會不會只是光影在交錯晃動？

不，是有人在移動，從敞開的衣櫥向外移動，有人正朝著臥房的門口匍匐前進，爬行的動作又輕又慢，幾乎沒有發出聲音。

她的心急遽的跳動，克莉絲極力克制住自己，不敢發出半點聲息。

她發覺到自己一直屏著氣，於是緩緩的將氣吐出，然後深吸了一口氣，坐了起來。

克莉絲將雙腳垂下放到地板上，目不轉睛的凝視著黑暗的深處，她的目光緊

這句英文怎麼說

有人在移動。

Someone was moving.

盯著默不作聲卻又緩緩移動的身影。

這是怎麼回事，她疑惑的想。

那個黑影又開始移動，她聽到摩擦的聲音，就是那種衣袖輕輕接觸到門框的聲音。

克莉絲趕緊站了起來，她尾隨著那個移動的身影悄悄的走向門口，雙腿不禁微微的顫抖著。她走出臥房來到了走廊。因爲這裡沒有窗戶，四周更是漆黑一片。

那個黑影朝樓梯走去。

這時那個黑影移動的速度加快了。

克莉絲緊追不捨，她赤裸的雙腳輕輕的踩在薄地毯上。

怎麼回事？究竟是怎麼回事？

她在樓梯的平臺追上了那個朦朧的身影，「嘿！」她喊，她的聲音因爲緊張而變得沙啞。

她用力抓住「他」的肩膀，使勁將那個黑影轉過身來。

她驚訝的睜大了眼睛，看著小木頭先生那張露齒而笑的臉。

19.

小木頭先生眨動著眼睛，對她發出輕蔑的噓聲，那是一種令人討厭的聲音，一種威脅的聲音。

在樓梯間的一片黑暗之中，它那色彩鮮明的笑臉頓時變成一副兇惡且不懷好意的神情。

在驚駭之下，克莉絲緊握住木偶的肩膀，手指整個陷入襯衫粗糙的表層。

「這……這怎麼可能！」她發出沙啞的聲音說道。

它又眨了眨眼，咯咯的笑，它的嘴巴張開，使得它的笑臉變得更寬更大。

它扭了扭身體，想掙脫克莉絲的掌握。但是克莉絲緊抓不放，她根本沒有真正意識到自己正扣住它。

這句英文怎麼說

你是一個木偶！
You're a dummy!

「可是——你是一個木偶呀！」她發出恐怖的叫聲。

它再度咯咯的笑了起來，「妳也是啊！」它回答，它發出一種深沉的咆哮聲，就像是大型狗在憤怒的狂吠。

「你不可能會走路的啊！」克莉絲大叫，她的聲音顫抖著。

木偶再度以那種令人厭惡的聲音咯咯的笑著。

「你不可能是活的！」克莉絲驚呼。

「放開我——快點！」木偶低吼。

克莉絲不爲所動，更用力的握住它。「我是在作夢。」克莉絲大聲告訴自己，「我一定是在作夢。」

「我不是一場美夢，我是一場惡夢！」木偶高喊，忽然仰起它那木質的頭，哈哈大笑。

克莉絲仍緊緊握著木偶，她在黑暗之中凝視著那張咧開嘴笑的臉孔，四周的空氣似乎變得又悶又熱，她感覺到自己好像喘不過氣來，好像快要窒息。

那是什麼聲音呢？

隔了一會兒之後，她才認出那是自己過度緊張的喘息聲。

「放開我！」木偶重複說，「否則我會把妳扔到樓下去！」它再次扭動著身體想要掙脫她的掌握。

「不！」克莉絲堅持，反而握得更緊，「我——我要把你放回衣櫥裡。」

木偶放聲譏笑，將它那張色彩鮮明的臉貼近克莉絲的面前，「那裡是關不住我的。」

「我要把你鎖在裡面，把你鎖在盒子裡，鎖在什麼東西裡面！」克莉絲高聲說道，驚慌過度使得她的思緒有些茫然。

黑暗彷彿要將她吞噬似的，她感到快窒息了，覺得要被壓垮了。

「放開我。」木偶拚命的拉扯。

克莉絲伸出她的另一隻手攔腰抱住它。

「放開我。」它用那刺耳、深沉如雷鳴般的聲音吼叫，「現在由我來接管，妳必須聽我的話，現在這是我的房子了。」

它使勁的拉扯。

這句英文怎麼說

我要把你放回衣櫥裡。
I'm putting you back in the closet.

克莉絲仍緊緊環抱住它的腰。

他們雙雙跌落樓梯，向下滾落了好幾級臺階。

「放手！」木偶命令道，它翻身騎坐在她身上，兇暴的眼神怒目瞪視著她。

她將它推開，想將它的手臂反扣在背後。

它卻出人意外的強壯。它將手臂拉回，然後對準她的心窩猛力揮出一拳。

「噢……」克莉絲發出一陣呻吟，頓時無法呼吸。

木偶趁機掙脫虛弱的她，單手抓住樓梯的欄杆，想要從她身邊穿越而過、步下樓梯。

克莉絲猛的伸出一隻腳來將它絆倒。

儘管她仍在極力的調整呼吸，還是飛身撲向它的背後，把它的手從欄杆上拽下來，奮力將它壓倒在臺階上。

「哦！」當頭頂上方走廊的燈亮時，克莉絲喘了一口大氣，由於猛然望見刺眼的燈光，她不禁閉上了眼睛。木偶仍然百般掙扎想要脫困，她用盡全身的力量從背後鎮壓住它。

「克莉絲——究竟是怎麼回事——？」琳蒂那受到驚嚇的聲音從最上層的階梯朝著下方高喊。

「是小木頭先生！」克莉絲朝上方喊，「它……是活的！」她用力向下施壓，整個人趴在木偶身上，迫使它動彈不得。

「克莉絲——妳在做什麼？」琳蒂質問，「妳沒事吧？」

「不！」克莉絲驚呼，「我不好！拜託——琳蒂！去把爸媽找來！小木頭先生……它是活的！」

「它只是個木偶！」琳蒂向下方喊，勉爲其難的朝著她妹妹走下幾階樓梯，「起來，克莉絲！難不成妳瘋了？」

「聽我說！」克莉絲用盡力氣高喊，「去叫爸媽！免得讓它跑掉了！」

但是琳蒂並沒有移動腳步，她睜大眼睛看著她妹妹，只見克莉絲的長髮垂散在臉上糾結成一團，她的五官因爲恐懼而扭曲著。

「起來，克莉絲。」她力勸，「拜託——快起來，我們回去睡覺。」

「我是在告訴妳，它活著！」克莉絲沮喪的大叫，「妳一定要相信我，琳蒂，

這句英文怎麼說

我是在告訴你，它活著！
I'm telling you, he's alive!

非相信不可！」

木偶毫無動靜的倒臥在克莉絲下方，它的四肢呈大字形伸展開來，它的臉則陷在地毯裡。

「妳做惡夢了。」琳蒂堅持的說，她挽起長睡衣拉高到腳踝的位置，一步一步往下走，一直走到克莉絲的身後。「回去睡覺，克莉絲，這只是一場惡夢，真正可怕的事是在音樂會上發生的——音樂會的事讓妳做了一場惡夢，就是如此而已。」

克莉絲大口的呼了幾口氣，用力將自己的身體撐起來轉過頭去面對著她姊姊，她單手抓住欄杆，好讓自己提高一些。

就在她減了施加在它身上的力量，那一瞬間，木偶雙手扳住臺階的邊緣從她下方脫身而出。

它半跌半爬的爬下了所剩的幾階樓梯。

「不！不！我不相信！」琳蒂看到了木偶的動作，放聲驚叫。

「去找爸媽來！」克莉絲說，「快！」

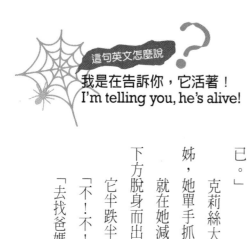

琳蒂在驚嚇之餘，張大了嘴巴露出難以置信的表情，她轉身朝樓上往回衝，一路尖叫著去找她的父母。

克莉絲直接向下衝，伸出雙手飛身而下。

她從後方將小木頭先生捉住，緊緊環抱住它的腰。

當他們雙雙摔倒在地板上時，它的頭部猛的撞到地毯。

它發出一聲低沉沙啞的哀鳴，閉上了眼睛，一動也不動。

克莉絲一陣頭昏眼花，她的胸口急遽的起伏，全身不停顫抖，然後緩緩的從地上爬了起來。

她迅速的用一隻腳壓住木偶的背部，把它鎮住。

「媽！爸！你們在哪裡？」她大叫，「快來！」

木偶抬起頭，發出一聲怒吼，接著便激烈的擺動手腳。

克莉絲使盡力氣抵住它的背。

「放開！」它兇惡的咆哮。

克莉絲聽到了樓上的聲響。

這句英文怎麼說

去找爸媽來！
Go get Mom and Dad!

「媽？爸？快下來這裡！」她叫喚他們。

她的父母同時出現在樓上的平臺，臉上充滿了憂慮。

「你們看！」

克莉絲大叫，激動的指著她腳底下的木偶。

20.

「看什麼？」鮑威爾先生高喊，一邊動手整理睡衣。

克莉絲指著在她腳底下的木偶，「它……它想要逃跑。」她結巴的說。

然而小木頭先生一動也不動的趴著。

「這算是開玩笑嗎？」鮑威爾太太生氣的質問，雙手插在她罩著棉質睡衣的腰際。

「我真搞不懂。」鮑威爾先生搖著頭說。

「小木頭先生……它從樓梯上跑下來。」克莉絲激動的說：「所有的事情都是它搞出來的，它……」

「這並不好笑。」鮑威爾太太厭煩的說，一邊用手往後順了順她那頭金髮，「在

這句英文怎麼說

看什麼？
Look at what?

三更半夜的時候將所有的人吵醒，這一點也不好笑，克莉絲。」

「我真的覺得妳已經失去理智了，真叫人擔心。」鮑威爾先生接著說，「我是說，妳會這樣都是因爲今天晚上學校裡發生的那些事——」

「先聽我說！」克莉絲大叫，她彎下腰將小木頭先生從地板上拉起來，抓著它的肩膀，使勁的搖晃，「它會走、會跑！它還開口說話！它……它是活的！」

她停止搖晃木偶並放開它，只見它重重的跌落在地板上毫無反應，一動也不動的癱倒在她的腳邊。

「我覺得也許妳需要去看看醫生了。」鮑威爾先生說，擔心得繃緊了臉。

「不！我也看見了！」琳蒂說，她聲援克莉絲。

「克莉絲說的沒錯，剛剛木偶確實在動。」但是隨後她又加上一句，「我是說，我覺得它好像動了一下！」

妳真是夠幫忙的了，琳蒂！克莉絲心想，她頓時覺得全身乏力，又累又沮喪。

「難道這又是一次愚蠢的惡作劇？」鮑威爾太太生氣的問，「我原本以爲今天在學校發生的事情已經夠嗆的了，沒想到——」

「可是，媽……」克莉絲想要開口，她低頭看著腳邊癱成一團的木偶。

「回去睡覺。」鮑威爾太太命令，「反正明天不必上學，我們有的是時間可以好好討論一下對妳們兩個的處罰。」

「我？」琳蒂驚叫，她不禁感到憤慨，「我做了什麼嗎？」

「媽，我們只是把事情的眞相說出來！」克莉絲想說服母親。

「我仍然搞不懂這個笑話。」鮑威爾先生搖著頭說，他轉向他太太，「究竟我們應該相信她還是怎麼樣？」

「上床睡覺，妳們兩個，馬上去！」她們的母親厲聲說，只見她和她丈夫從樓上的平臺上消失，氣沖沖的朝著走廊另一頭的主臥房走去。

琳蒂留在原地，一隻手放在欄杆上，懊惱的俯視著克莉絲。

「妳是相信我的，不是嗎？」克莉絲對她喊著。

「是吧，我想。」琳蒂含糊的回答，她把目光移到克莉絲腳下的木偶身上。

克莉絲也低頭往下看，她看見小木頭先生在眨眼，一副想要站起來的模樣。

「哇！」她發出一聲恐慌的驚呼，立刻一把抓住木偶的衣領，「琳蒂——快

這句英文怎麼說

是你使我復活的。
You brought me back to life.

來！」她大喊，「它又開始動了！」

「那……那我們該怎麼做？」琳蒂結巴的問，飛快的從樓梯上奔下來。

「我不知道。」克莉絲回答，這時木偶的手腳激烈的拍打著地毯，不顧一切的想要擺脫她的掌握，「我們得——」

「妳們再怎麼做也沒有用。」小木頭先生粗暴的說，「妳們會成為我的奴隸，我又再度活過來了！我復活了！」

「可是……怎麼會呢？」克莉絲問，她睜大眼睛無法置信的盯著它看，「我是說，你是一個木偶，怎麼會……？」

這時木偶發出竊笑，「是妳使我復活的。」它發出刺耳而沙啞的聲音告訴她，「妳念出了那段古代的咒語。」

古代的咒語？它在說什麼？克莉絲想了起來，她曾經從木偶襯衫的口袋裡拿出一張字條，念出那段聽起來很怪異的文字。

「我活過來了，感謝妳。」木偶低吼，「而且，今後妳和妳姊姊都要來服侍我。」

當她心生恐懼的看著那笑得闔不攏嘴的木偶時，克莉絲的腦海裡突然迸出了一個念頭。

那張紙條，她曾經塞回口袋裡的那張紙條。

要是我將那段咒語再念一遍，克莉絲想，說不定會讓它回復原狀。

她伸出手抓住它。它想要趁機掙脫，但是她還是快了一步。

那張折疊起來的泛黃紙條，已經落入她的手中。

「還給我！」它大叫，並奮力爭搶著。

然而克莉絲將紙條拿得遠遠的讓它碰不到。

她飛快的將紙條展開，生怕木偶又動手奪走那張紙條。她大聲的念出那段怪異的句子——

「卡魯、瑪里、歐多那、羅嘛、摩羅努、卡雷諾。」

21.

這句英文怎麼說

現在這是我的房子了。
This is my house now.

她們姊妹倆睜大了眼睛盯著木偶，等著它潰倒在地。

但是它卻緊握住欄杆，把頭輕輕一甩，發出輕蔑的嘲笑，「那些是古代魔法師用來使我復活的咒語。」它說，「可不是用來消滅我的。」

小木頭先生仰起頭來，瞪著琳蒂咧著嘴笑，「妳們無法消滅我的，我有魔力！」

「我們該怎麼辦？」琳蒂大叫，她望向克莉絲。

「現在這是我的房子了。」木偶粗聲粗氣的說，它對著琳蒂露齒而笑，奮力想要擺脫克莉絲的牽制，「現在妳們要按照我的話去做，放我下來！」

「該怎麼辦？」琳蒂又問。

小木頭先生擺動著頭部，它睜大了眼睛，露出邪惡的眼神。

「噢！」克莉絲驚訝的慘叫一聲，只見木偶張開血盆大口咬在她的手臂上，她連忙抽回手臂，不假思索的一巴掌揮過去拍擊木偶那木質的頭部。

木偶以咯咯笑回應她，「暴力！暴力！」它裝出一副訓斥她的語氣斥喝道。

「我們先把它帶回房間再說。」克莉絲對姊姊說。

她手臂上被咬的部位還隱隱作痛，不過她還是緊緊抱住木偶，把它帶到了樓上。木偶兇惡的對她發出噓聲，並伸出穿著膠底布鞋的雙腳來踢她，但被她很巧妙的避開了。

小木頭先生咯咯的笑著說，「我早就說過，妳們無法消滅我的！」

「現在怎麼辦？」琳蒂不禁急得流下了眼淚。

「我們先把它放進衣櫥，再來想想別的辦法。」克莉絲回答。

「妳們不必再白費心思了，妳們是我的奴隸。」木偶厲聲說道，「從現在起，這裡由我來主宰，無論我要求什麼，妳們都必須照辦。」

「休想！」克莉絲搖著頭大聲說道。

這句英文怎麼說

別惹我發火。
Don't make me angry.

「要是我們不願意呢？」琳蒂質問。

木偶轉向她，露出嚴厲而憤怒的目光，「那麼我就會傷害妳們所愛的人。」它一派輕鬆的說，「妳們的父母、朋友，也可能是那隻老是對著我狂吠，令人討厭至極的笨狗。」它說完後把頭輕輕一甩，從那木質的嘴唇之中發出一陣乾澀刺耳的邪惡笑聲。

「把它鎖進衣櫥裡。」琳蒂提議，「等我們想出擺脫掉它的方法再說。」

「妳們無法擺脫我的。」小木頭先生自信滿滿的說，「別惹我發火，我有法力，我鄭重的警告妳們，別老是用那些愚蠢的方法想要傷害我，我已經開始感到不耐煩了。」

「衣櫥鎖不住——記得嗎？」克莉絲高聲說道，她正竭盡所能的緊抓住不斷想掙脫的木偶。

「哦，等一下，這個主意如何？」琳蒂快步趕往衣櫥，從底部拉出了一個老舊的手提箱。

「太好了。」克莉絲說。

「我警告妳們——」小木頭先生出言恐嚇，「妳們真的讓我厭煩透了！」它使勁的拉扯，猛然掙脫了克莉絲的掌握。克莉絲一驚，飛身想要撲倒它，但是它像箭一般的從她底下疾奔而出，使得她臉朝下的跌落在自己的床上。

木偶跑到臥房中央，像是在考慮要往哪裡去的模樣，「妳們務必要遵照我的指示去做。」它舉起一根木質的手指對著琳蒂陰沉的說道，「我不會從妳們的身邊逃走，妳們都將成爲我的奴隸！」

「不！」克莉絲大叫，奮力從床上爬起來。

她和姊姊同時衝向木偶，琳蒂抓住木偶的雙手，克莉絲則是俯身抓住它的腳踝。她們合力將它塞進已經打開來的手提箱。

「妳們會後悔的！」它威脅道，它拚命亂踢，想攻擊她們，「妳們會爲此付出昂貴的代價，有人得去見閻王了！」

克莉絲閂上手提箱的鎖，把手提箱塞進了衣櫥，但木偶仍然不斷高聲吶喊。她猛的關上衣櫥的門，然後用背部頂住，這時才彷彿虛脫般的喘著大氣。

「接下來我們該怎麼辦？」她問琳蒂。

22.

「我們把它埋起來。」克莉絲說。

「啊？」琳蒂強忍住打到一半的呵欠。

她們已經輕聲討論了好久，感覺上像是過了好幾個鐘頭。

就在她們想出對策的同時，衣櫥內傳出了木偶悶塞的喊叫聲。

「我們把它埋起來，埋在那個堆得像小山的泥土堆下。」克莉絲說，她的眼神瞄向窗戶，「妳知道的，就在隔壁，那幢新房子旁邊。」

「嗯，好吧，我沒意見。」琳蒂回答，「我好累，根本無法好好思考。」

她看了床頭几上的鐘一眼，已經快凌晨三點半了，「我還是覺得我們應該叫醒媽媽和爸爸。」琳蒂說，她的眼神流露出內心的恐懼。

這句英文怎麼說

我們把它埋起來。
We'll bury him.

「沒有用的。」克莉絲告訴她，「我們早就說過不下一百遍了，他們不會相信我們的，要是把他們吵醒，只會帶來更大的麻煩罷了。」

「還會有比現在更大的麻煩嗎？」琳蒂問，她把頭轉向衣櫥，小木頭先生憤怒的喊叫聲仍然清晰可聞。

「去換衣服。」克莉絲打起精神說道，「我們把它埋在那一堆泥土底下，然後就再也不用去擔心它的問題了。」

琳蒂把目光轉向自己的木偶，只見小巴掌仍坐在椅子上，身體折成兩半，琳蒂頓時感到不寒而慄。「我不想再看見小巴掌了，我真的很抱歉，我們會對木偶產生興趣，都是我一手造成的。」

「噓……先換好衣服再說。」克莉絲不耐煩的說。

幾分鐘之後，兩個女孩在黑暗之中悄悄的從樓梯上溜下來，克莉絲將手提箱抱在懷裡，想要掩蓋住小木頭先生憤怒的叫喊聲。

她們在樓梯的最底下停下腳步，仔細的聆聽是不是將父母吵醒了？

四下寂靜無聲。

這句英文怎麼說

去換衣服。
Get dressed.

琳蒂拉開前門，她們便偷偷的溜到屋外。

外面的空氣出奇的涼爽而潮溼，沉重的露水使得前院的草坪在半弦月的月光下閃閃發亮，當她們一路走向車庫時，露溼的青草葉片弄溼了她們的膠底布鞋。

克莉絲緊抱著手提箱，而琳蒂慢慢的、悄悄的將車庫的門拉開。等門拉到了一半，她便彎下腰潛入車庫裡。幾秒鐘後她冒出頭來，帶著一把大型的雪鏟。

「這個應該可以。」她說，即使四下無人，她還是悄聲說著。

她們穿過後院，朝著隔壁的那塊空地走去時，克莉絲的目光迅速的在街道上來回掃視了一遍。

清晨濕重的露水使得街燈的光線模糊不清，也使得暗淡的燈光彷彿燭光一般忽明忽暗。

在這一片深紫色的天空下，所有的景物都顯得閃閃發亮。

克莉絲把手提箱放下，擱在泥土堆旁。

「我們就從這裡往下挖。」她說，一邊指著土堆的底部，「我們先把它塞進去，再覆蓋住。」

「我警告妳們。」小木頭先生在手提箱裡一聽，立即出言恐嚇，「妳們的計劃不會成功的，我有法力！」

「妳先挖。」克莉絲告訴姊姊，毫不理會木偶的威脅，「待會兒再換我。」

琳蒂用力一挖，剷起一整鏟的泥土。

克莉絲冷得直發抖，深重的露水又冷又潮溼，天邊飄來一朵浮雲遮住了月亮，天空的顏色由紫轉黑。

「放我出去！」小木頭先生高喊，「現在放我出去還不遲，妳們還不會受到太嚴厲的懲罰。」

「挖快一點！」克莉絲不耐煩的輕聲催促。

「我已經用我最快的速度在挖了。」琳蒂回答，她已經在土堆的基部挖出了一個大小適中的方形坑洞，「妳覺得還要多深才夠？」

「再深一點。」克莉絲說，「妳先過來看好手提箱，換我來接手。」她和琳蒂互換工作，開始挖起土來。

忽然，分隔庭院的矮灌木叢附近，似乎有什麼東西猛的跳上跳下著。克莉絲

這句英文怎麼說

你們的計劃不會成功的。
Your plan won't work.

抬頭一望，看見了一個移動的黑影，嚇得連忙屏住呼吸。

「是浣熊吧，我想。」琳蒂說著，同時打了一個哆嗦，「我們是要連手提箱一起埋，還是要把小木頭先生拿出來？」

「妳想，媽媽會注意到手提箱不見了嗎？」克莉絲問，她將一鏟溼泥土拋向一旁。

琳蒂搖搖頭，「我們又從來沒用過。」

「那麼我們就連手提箱一起埋。」克莉絲說，「這樣也省得麻煩。」

「妳們會後悔的。」木偶發出刺耳的聲音，這時手提箱晃動了一下，差一點翻倒。

「我好睏。」琳蒂抱怨著，她把襪子扔到地板上，把雙腳伸進被單底裡。

「我一點也睡不著。」克莉絲回答，她坐在床邊，「我想我是太高興了，我好高興我們能夠擺脫那個可怕的傢伙。」

「這整件事的確太不可思議了。」琳蒂說，她調整了一下腦後的枕頭，「也

難怪媽和爸不相信，連我都不確定自己會相信這種事。」

「妳有把鏟子放回去嗎？」克莉絲問。

琳蒂點點頭，「嗯。」她昏昏欲睡的說。

「妳把車庫的門關好了嗎？」

「噓……我要睡著了。」琳蒂說，「還好明天不必上學，我們可以睡晚一點。」

「我希望自己能睡得著。」克莉絲心有疑慮的說，「我實在是筋疲力盡了，這簡直就像一場恐怖至極的大惡夢，我只是覺得……琳蒂？琳蒂——妳還醒著嗎？」

沒有，她的姊姊已經沉沉入睡。

克莉絲仰望著天花板，她將毯子拉高到下巴的位置，卻仍然覺得寒氣刺骨，剛才在外面的寒冷溼氣還擺脫不去。

過了一段時間之後，隨著當晚所發生的一切在她的腦海中瘋狂的疾掠而過，克莉絲也睡著了。

第二天早上八點半，一陣機器的隆隆聲將克莉絲吵醒。她伸著懶腰，想要揉

這句英文怎麼說

我希望自己能睡得著。
I hope I can fall asleep.

去眼中的睡意。她步履蹣跚的走向窗前，彎身越過擺放著小巴掌的椅子，探頭向外眺望。

那是一個灰濛濛的陰天，兩部龐大的黃色壓路機正在隔壁那幢重建的房屋後面整地，來來回回的將地面輾平。

不知道他們會不會把那個土堆壓平，克莉絲想，她俯瞰著他們，如果會的話那就眞的太好了。

克莉絲露出笑容，她並沒有睡很久，但是卻感覺到自己煥然一新。

琳蒂仍然睡得很甜，克莉絲踮著腳尖輕輕從她身邊經過，她穿上晨袍，往樓下走去。

「早安，媽。」她愉快的問候，她走進廚房時，一邊把晨袍的帶子繫好。

鮑威爾太太站在水槽前，她轉過身來面對著克莉絲，克莉絲看到媽媽臉上憤怒的表情，不禁大吃一驚。

她隨著母親的目光望向餐桌。

「噢！」當她一眼看見小木頭先生時，她嚇得差一點喘不過氣來。小木頭先生坐在餐桌前，雙手放在雙膝之間，它的頭髮夾雜著紅棕色的泥土，臉頰和額頭上都沾了污泥。

「我不是告訴過妳，絕對不准把那個東西帶到這裡來嗎？」鮑威爾太太罵道，「現在我該怎麼做才好呢，克莉絲？」她生氣的把臉轉回水槽。

木偶對克莉絲使了個眼色，它炫耀似的對她露出了大大的、邪惡的笑臉。

23.

克莉絲正驚慌的睜大眼睛注視著那個笑得闔不攏嘴的木偶時，鮑威爾先生突然出現在廚房門口。

「準備好了嗎？」他問鮑威爾太太。

鮑威爾太太將擦碗盤用的毛巾掛在架子上後轉過身來。

她抬起手撥開額頭上的一小綹頭髮，說：「好了，我去拿手提包。」她迅速的越過她先生，走進前門的門廊。

「你們要去哪裡？」克莉絲高聲問，她的聲音流露出內心的不安，同時仍目不轉睛的望著餐桌前的木偶。

「只是去園藝店買一點東西。」她的父親告訴她，並且踏進廚房，在窗口向

這句英文怎麼說

你們要去哪裡？
Where are you going?

外眺望，「看起來好像會下雨的樣子。」

「不要去！」克莉絲央求。

「嗯？」他轉過身來面向她。

「不要去——求求你！」克莉絲大聲說。

這時她父親的目光落在木偶的身上，他朝著木偶走去，「嘿——這是什麼意思？」她父親生氣的問。

「我以爲你要把它送回當鋪去。」克莉絲回答，她腦筋轉得很快。

「我星期一才會去。」她父親回答，「今天才星期六，記得嗎？」

木偶眨了一下眼睛，可是鮑威爾先生並沒有注意到。

「你們非要現在去不可嗎？」克莉絲用一種微弱的聲音問道。

她父親還沒回答，鮑威爾太太再度出現在門口。

「走吧，接住。」她高聲說，同時將車鑰匙輕輕的拋給他。「趁雨勢還沒那麼大，我們趕快走吧。」

鮑威爾先生走向大門，「妳爲什麼不想讓我們去呢？」他問。

這句英文怎麼說

你為什麼不想讓我們去呢？
Why don't you want us to go?

「那個木偶——」克莉絲正想說明，但是她很清楚就算說了也沒有用，他們絕不會聽，也絕不會相信她所說的話。

「沒事。」她喃喃的說。

過了一會兒後，她聽到她們家的汽車從車道上倒車出去的聲音，他們已經離開了。

廚房裡只剩下她一個人，單獨面對著咧開嘴笑的木偶。

小木頭先生慢慢的旋轉著餐桌前的高腳椅，轉到了她的面前，它那巨大的眼睛怒氣沖沖的緊盯著克莉絲的眼睛。

「我警告過妳們！」它尖聲說著。

巴吉步伐輕快的踏進廚房，牠的腳趾甲在鋪著油布的地板上發出響亮的噠噠聲，牠一邊奔跑，一邊不時的嗅著地板上的氣味，四處尋找早餐時掉落下來的碎屑。

「巴吉，你跑到哪裡去了？」克莉絲問，她很高興有牠來作伴。

小狗並沒有理會她，只顧著在小木頭先生坐的高腳椅底下東聞西嗅。

「牠剛剛到樓上去，把我叫醒。」琳蒂說道。她走進廚房時，還一邊揉著眼睛，又加了一句：「笨狗。」她身上穿著白色網球短褲和一件紫紅色背心。

巴吉舔著油布上的一塊污漬。

當琳蒂一眼瞧見小木頭先生時，她不禁放聲大叫：「噢，不！」

「我回來了。」木偶粗聲說道，「而且我對妳們這兩個奴隸極度的不滿！」

琳蒂轉向克莉絲，她因爲太過驚訝與恐懼，不自覺的張大了嘴巴。

克莉絲的眼睛始終盯著木偶不放。它到底想怎麼樣？她心想，我要怎麼做才能阻止它？

即使昨天晚上把它埋在泥土堆底下，它還是有辦法跑回來，還是有辦法擺脫手提箱，自己脫身跑回來。

難道沒有任何方法可以擊敗它嗎？一點辦法都沒有了嗎？

小木頭先生露出邪惡的笑臉，滑落到地板上，它的膠底布鞋重重的落在地板上，發出碰的一聲，「我對妳們這兩個奴隸極度的不滿！」它發出雷鳴般的吼叫重覆的說。

這句英文怎麼說

我必須向你們證明我是認真的。
I have to prove to you that I am serious.

「你想要怎樣？」琳蒂以一種淒厲、驚恐的聲音高喊。

「我必須懲罰妳們！」木偶回答，「我必須向妳們證明我是認眞的！」

「慢著！」克莉絲大叫。

木偶不由分說的展開了行動，它彎下身伸出雙手一把抓住巴吉的頸部。

小木頭先生雙手逐漸施力，那隻受到驚嚇的小獵犬頓時發出痛苦的哀號。

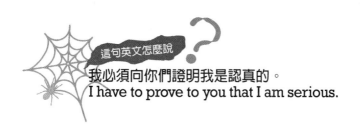

24.

「我警告過妳們。」小木頭先生的咆哮聲蓋過了巴吉的哀號，「妳們必須照著我的話做——否則，妳們摯愛的人會一個一個去見閻羅王！」

「不！」克莉絲大叫。

巴吉發出幼犬在疼痛時的尖銳哀鳴，克莉絲不禁全身戰慄。

「放開牠！」克莉絲大吼。

木偶咯咯的笑。

巴吉發出嘶啞的喘息聲。

克莉絲再也無法忍受，她和琳蒂分別從左右兩側飛身撲向木偶，琳蒂抱住木偶的雙腿，克莉絲則是一把抓住巴吉，用力拉開牠。

這句英文怎麼說

巴吉發出嘶啞的喘息聲。
Barky uttered a hoarse gasp.

琳蒂將木偶扳倒在地板上，但是它那木質的雙手仍然緊緊勒住小狗的喉嚨。

巴吉掙扎著想要呼吸，牠的哀號聲頓時變成了幾聲悶哼。

「放手！放手！」克莉絲發出淒厲的尖叫聲。

「我警告過妳們。」琳蒂緊抱住木偶那不停亂踢的雙腳，但它仍高聲咆哮：「這隻狗只有死路一條！」

「不！」克莉絲放開快要透不過氣來的小狗，雙手順勢滑到木偶手腕關節的位置，然後猛的一拉，總算把那雙木質的手拉開。

巴吉跌落到地板上，發出嘶啞的喘氣聲，牠往角落裡逃竄，四隻腳掌在光滑的地板上狂亂的滑動。

「現在輪到妳們了！」小木頭先生大吼，它猛力一扭，從克莉絲手中脫困，然後揮舞著木質的手，狠狠的擊中克莉絲的前額。

克莉絲痛得哇哇大叫，舉起雙手護住頭部。

她聽到巴吉在身後汪汪狂吠。

「放開我！」小木頭先生回過頭去對琳蒂下令道。

琳蒂緊抱著木偶的雙腳不肯鬆手。

「你休想！」琳蒂大叫，「克莉絲——快抓住它的手！」

克莉絲的頭隱隱作痛，但是她衝上前去，想抓住木偶的手臂。

當她接近時，它突然低下頭去，張開木質的下顎一口夾住她的手腕。

「噢……！」克莉絲發出痛苦的哀號，把手縮了回來。

琳蒂抓著木偶的雙腿把它提高，然後將它的身體往地板上用力一撞。頓時它發出一陣狂怒的吼叫，踢動雙腳想踹開她。

克莉絲再度挺身上前，這一次她先抓住木偶的一隻手臂，然後再抓住另一隻。它低下頭來想要重施故技，但是她巧妙的閃開了，並且從它背後把它的雙手緊緊架住。

「我警告妳們！」它吼叫著，「我嚴重的警告妳們！」

巴吉激動得叫個不停，牠兩隻前腳搭在克莉絲身上，後腳著地的跳來跳去。

「該怎麼對付它呢？」琳蒂大喊，她的叫聲壓過了木偶憤怒的恫嚇聲。

「到外面去！」克莉絲高聲回答，她使盡全力緊緊箍住架在小木頭先生背後的雙手。

她腦海裡忽然靈光一閃，她想起早上看見隔壁後院裡來回開動的那兩部壓路機，正在進行整地的工程。

「快點。」她催促姊姊，「我們把它壓碎！」

「我警告妳們！我可是有法力的！」木偶高喊。

克莉絲毫不理會，她拉開廚房的門，將這個她們恨不得趕快擺脫的俘虜帶到外面來。

天空像木炭般的灰暗，一場雨才剛下沒多久，草地上卻已經溼透了。

兩個女孩越過分隔兩個後院的矮灌木叢，一眼便看見那兩部龐大的黃色壓路機，一部在後院裡，一部在隔壁那塊地的側邊。它們看起來就像兩頭笨拙的巨獸，巨大的黑色滾輪將行經的路上的一切都夷爲平地。

「往這邊走！快！」克莉絲向她姊姊高喊，她緊緊抱住木偶往前奔跑，「把它扔到那一部的下面！」

「放開我！放開我，奴隸！」木偶大叫，「這是妳們最後一次機會！」它劇

這句英文怎麼說

這是你們最後一次機會！
This is your last chance!

烈的擺動頭部，想要去咬克莉絲的手臂。

隆隆的雷鳴聲在遠處響起。

兩個女孩在潮溼的草地上全速向前奔跑，急急的衝向正在快速移動的壓路機。

等到她們距離這部龐大的機器只剩下幾碼時，她們才看見巴吉，只見牠不停的搖擺著短尾巴，在她們前面狂奔著。

「哦，天啊！牠怎麼會跑到外面來呢？」琳蒂大叫。

巴吉回過頭來盯著她們看，牠的舌頭垂落到嘴巴外面。

牠興高采烈的在潮溼的草地上嬉戲，正好跑進發出隆隆聲的壓路機將要行進的路線。

「不，巴吉！」克莉絲驚慌的發出尖叫，「不！巴吉——不！」

這句英文怎麼說

牠怎麼會跑到外面來呢？
How'd he get out?

25.

克莉絲和琳蒂同時放開小木頭先生，俯身衝向小狗，她們雙手往前伸開，腹部著地的在潮溼的草地上向前滑。

巴吉絲毫沒有覺察到牠面臨的危險，自顧自的玩起老鷹抓小雞的遊戲，加速向前奔跑。

琳蒂和克莉絲滾出了壓路機行進的路線之外。

「喂——快走開！」駕駛員氣沖沖的從壓路機上層的窗口大吼，「妳們不要命了嗎？」

她們從地上一躍而起，轉身去找小木頭先生。

雨勢變大了，空中閃現了一道鋸齒狀的白色閃電。

「我自由了！」木偶大叫，雙手高舉過頭做出勝利的姿勢，「現在妳們要付出代價了！」

傾盆而下的大雨落在兩個女孩的頭髮和肩膀上，她們低下頭來，彎著腰在滂沱大雨中追逐起木偶來。

小木頭先生轉身奔逃。

它沒有看見另一部壓路機。

巨大的黑色滾輪正好從它身上輾過，先是從背後將它推倒，再壓過去，發出一陣清脆的碎裂聲。

壓路機下方冒出了一陣嘶嘶作響的聲音，就像是大型的氣球洩了氣一般。

壓路機來回的滾動著巨輪。

滾輪底下噴出了一股怪異的綠色氣體向空中竄升，不久擴散開來形成一個詭異的蕈狀雲朵。

巴吉停止奔跑，站在原地不動，牠的目光隨著這股綠色的氣體移動，目送著它飄浮在幾近黑色的天際。

這句英文怎麼說

它沒有看到另一部壓路機。
He never saw the other steamroller.

琳蒂和克莉絲驚訝得目瞪口呆。

在風雨的吹襲下，這股綠色的氣體從她們頭頂上方飄過。

「噁心！臭死了！」琳蒂說。

那股氣味聞起來像是腐爛的臭雞蛋。

巴吉發出一陣輕輕的低吠聲。

壓路機向後倒退，駕駛員跳出車外朝她們跑了過來。那是一個短小精幹的男人，有著一雙肌肉發達的健碩臂膀，他穿的T恤整個衣袖都鼓了起來，短短的金色小平頭底下是一張通紅的臉孔。他因爲驚慌而兩眼圓睜。

「是一個小孩嗎？」他驚呼，「我……我是不是壓到了一個小孩？」

「不是，那只是一個木偶。」克莉絲告訴他，「那不是活的人。」

他停下腳步，臉色由紅褪成粉白色，他發出了一陣宏亮而充滿感激的嘆氣聲，「哦，嚇死我了。」他感嘆道：「哦，嚇死我了，我還以爲是一個小孩子。」

他深深的吸了一口氣，再緩緩的吐了出來，然後彎下腰來檢視滾輪下方的區域。兩個女孩上前一看，只見到木偶的殘骸——整個斜紋牛仔褲和法蘭絨襯衫裡的木質身體都被輾平了。

「嘿，我眞的很抱歉。」那個駕駛員說。當他站起身來面對著她們時，還一邊用T恤的袖子擦拭著他的額頭。「我沒有辦法及時煞車。」

「不要緊。」克莉絲說，她的臉上露出一個大大的笑容。

「嗯，眞的，沒有關係。」琳蒂很快的接口。

巴吉迎上前去聞著那具被壓扁的木偶。

這個男人搖搖頭，「我現在總算安心多了，它的樣子看起來像是眞的在跑動，我眞的以爲是個小孩子，那時候我簡直是嚇壞了。」

「不是，那只是一個木偶。」克莉絲告訴他。

「呼！」那個駕駛員緩緩的喘了一口大氣，「這個事件就到此爲止。」他的表情突然一變，「下那麼大的雨，妳們兩個女孩子究竟跑出來做什麼呢？」

琳蒂聳聳肩，克莉絲搖搖頭，「只是出來溜狗。」

那個駕駛員拾起被壓扁的木偶，他才一提起來，木偶的頭部就碎裂成粉末狀。「這個妳們還要嗎？」他問。

這句英文怎麼說

你可以把它扔到垃圾桶。
You can throw it in the trash.

「你可以把它扔到垃圾桶。」克莉絲回答。

「下雨了，最好還是不要在外面逗留。」他對她們說，「而且別再像剛才那樣來嚇我。」

兩個女孩同聲道歉，然後朝著回家的方向走去。

克莉絲對她姊姊展露出愉快的笑容，琳蒂也報以微笑。

我可以永遠笑嘻嘻的了，克莉絲心想，我好高興，總算可以安心了。

她們在鞋墊上擦了擦潮溼的膠底布鞋，便打開廚房的門好讓巴吉進來。

「哇！這眞是一個難忘的早晨！」琳蒂說。

她們跟隨著小狗走進廚房。屋外，天邊閃過一道光亮的閃電，緊接著傳來一陣轟隆隆的雷鳴。

「我全身溼透了。」克莉絲說：「我要上樓去換衣服。」

「我也要。」琳蒂跟著她踏上樓梯。

她們一走進臥房就發現窗戶整個敞開了，飄揚的窗簾發出啪啦啪啦的巨響，雨水不斷的流進屋內。

「哦，天哪！」克莉絲連忙穿過房間去關窗戶。

當她的身體越過椅子上方，彎身想要抓住窗戶的木框時，忽然小巴掌伸出手來一把抓住她的手臂。

「喂，奴隸——另外的那個傢伙不在了嗎？」木偶發出嘶啞的吼叫聲問道，「我還以爲它永遠都不會離開哩！」

挺不賴的。
Nice one.

我們不是在比較。
We're not competing.

我們不是小女孩了。
We're not little girls.

今天沒有人在工作。
No one's working today.

這個客廳比我們家的還大。
This is bigger than our living room.

你確定嗎？
You sure?

他的手臂和雙腿無力的垂著。
His arms and legs dangled lifelessly.

當然不是。
Of course not.

你的嘴唇動了。
Your lips are moving.

別看著我。
Don't look at me.

她要你去當臨時褓姆嗎？
Does she want you to baby-sit?

有可能。
Maybe.

那看起來好像很好玩。
It looks like fun.

你們何不一起共用小巴掌呢？
Why don't you both share Slappy?

- 為什麼對克莉絲這麼粗暴？
  Why were you so rude to Kris?
- 為什麼克莉絲老是要模仿我？
  Why does Kris always want to copy me?
- 她伸出手來把它推倒。
  She reached out and pushed him over.
- 我要回去睡覺了。
  I'm going back to sleep.
- 晚餐吃些什麼呢？
  What's for dinner?
- 愛哭鬼！
  Crybaby!
- 說不定是同一家公司生產的呢。
  Probably made by the same company.
- 你騎腳踏車過來的嗎？
  You ride your bike over?
- 我想要練習我的表演。
  I want to practice my act.
- 你覺得如何？
  What do you think?
- 你和小木頭先生有進展嗎？
  Are you getting any better with Mr. Wood?
- 克莉絲指著臥房另一端的椅子。
  Kris pointed to the chair across the room.
- 你把它放到哪裡了？
  Where'd you put him?
- 我發誓。
  I swear.

不要讓它的嘴巴張得太開。
Don't move his mouth so much.

至少還有一個人覺得有趣。
At least one person thinks you're funny.

你是一個愚蠢的笨蛋！
You're a stupid jerk!

它自己開口說話？
He's talk on his own?

難道你不曉得這樣會受傷嗎？
Don't you know you could get hurt?

我得去告訴媽咪這個好消息！
I have to go tell Mom the good news!

你應該多去觀摩姊姊的表演。
You should watch your sister's act.

你的木偶很邪惡！
Your dummy is evil.

接連發生了一些奇怪的事。
Something weird is going on.

你知道嗎？
You know what?

她很早就醒了。
She awoke early.

小巴掌和我要上電視了！
Slappy and I are going to be on TV.

我的喉嚨好痛。
My throat is sore.

冰箱裡空無一物。
The refrigerator was empty.

- 這是誰做的？
  Who did this?
- 可是我什麼也沒做啊！
  But I didn't do anything!
- 我會再給你們一次機會。
  I'll give you one more chance.
- 光是會惹事生非。
  Nothing but trouble.
- 我開始討厭這個木偶了。
  I'm beginning to hate this dummy.
- 我知道這一切是誰搞的鬼。
  I know who's been doing it all.
- 我想看看能不能嚇到你。
  I wanted to see if I could scare you.
- 我再也不跟你說話了。
  I'm never speaking to you again.
- 我們換個話題吧。
  Let's change the subject.
- 工作時間到了。
  Time to go to work.
- 有什麼事嗎，爸爸？
  What do you want, Dad?
- 你們可以為我們表演嗎？
  Can you do something for us?
- 別笑得太用力。
  Don't laugh so hard.
- 那不是在開玩笑。
  It's not a joke.

你的手黏答答的。
Your hands are clammy!

你會一鳴驚人的。
You'll be terrific.

我要求你立刻道歉。
I'm going to ask you to apologize.

我不知道你是怎麼辦到的。
I don't know how you did that.

我們明天再談。
We'll talk tomorrow.

而且所有的人都在責怪她。
And everyone blamed her.

有人在移動。
Someone was moving.

你是一個木偶！
You're a dummy!

我要把你放回衣櫥裡。
I'm putting you back in the closet.

我是在告訴你，它活著！
I'm telling you, he's alive!

去找爸媽來！
Go get Mom and Dad!

看什麼？
Look at what?

是你使我復活的。
You brought me back to life.

現在這是我的房子了。
This is my house now.

別惹我發火。

Don't make me angry.

我們把它埋起來。

We'll bury him.

去換衣服。

Get dressed.

你們的計劃不會成功的。

Your plan won't work.

我希望自己能睡得著。

I hope I can fall asleep.

你們要去哪裡？

Where are you going?

你為什麼不想讓我們去呢？

Why don't you want us to go?

我必須向你們證明我是認真的。

I have to prove to you that I am serious.

巴吉發出嘶啞的喘息聲。

Barky uttered a hoarse gasp.

這是你們最後一次機會！

This is your last chance!

牠怎麼會跑到外面來呢？

How'd he get out?

它沒有看到另一部壓路機。

He never saw the other steamroller.

你可以把它扔到垃圾桶。

You can throw it in the trash.

給你一身雞皮疙瘩！

萬聖夜驚魂

Attack Of The Jack-O'-Lanterns

你確定，跟你一起上街要糖的朋友是「人」嗎

杜兒和華克決定在今年萬聖節教訓愛整人的同學，
誰教他們之前隨便欺負人！
可是，似乎有什麼事不太對勁，
因為他們準備的南瓜頭道具，
出乎意料的嚇人，而且也太真實了點……

吸血鬼的鬼氣

Vampire Breath

來來來～讓我咬一口！

費迪和卡蘿意外發現一個神祕的地下室，
在那裡有一個寫著「吸血鬼的鬼氣」的小瓶子。
在好奇心的驅使下，他們打開了這個瓶子，
卻沒想到這舉動帶來一連串惡夢般的恐怖災難，
沉睡的吸血鬼竟再度復活……

每本定價 199 元

雞皮疙瘩系列 09

木偶驚魂

原著書名——Night of the Living Dummy
原出版社——Scholastic Inc.
作　　者——R.L. 史坦恩（R.L.STINE）
譯　　者——陳言襄
責任編輯——劉枚瑛、何若文

國家圖書館出版品預行編目（CIP）資料

木偶驚魂　/ R. L. 史坦恩 (R. L. Stine) 著 ; 陳言襄譯 .
-- 2 版 . -- 臺北市 : 商周出版 : 家庭傳媒城邦分公司發行 ,
民 104.09 192 面 ; 14.8 x 21 公分 . -- (雞皮疙瘩系列 ; 9)
譯自 :Night of the Living Dummy
ISBN 978-986-272-853-6(平裝)
874.59　　104013480

版　　權——翁靜如、吳亭儀
行銷業務——林彥伶、石一志
總 編 輯——何宜珍
總 經 理——彭之琬
發 行 人——何飛鵬
法律顧問——台英國際商務法律事務所 羅明通律師
出　　版——商周出版
臺北市中山區民生東路二段 141 號 9 樓
電話：(02) 2500-7008 傳真：(02) 2500-7759
E-mail：bwp.service @ cite.com.tw
發　　行——英屬蓋曼群島商家庭傳媒股份有限公司城邦分公司
臺北市中山區民生東路二段 141 號 2 樓
讀者服務專線：0800-020-299 24 小時傳真服務：(02)2517-0999
讀者服務信箱 E-mail：cs @ cite.com.tw
劃撥帳號——19833503 戶名：英屬蓋曼群島商家庭傳媒股份有限公司城邦分公司
訂購服務——書虫股份有限公司客服專線：(02)2500-7718；2500-7719
服務時間：週一至週五上午 09:30-12:00；下午 13:30-17:00
24 小時傳真專線：(02)2500-1990；2500-1991
劃撥帳號：19863813 戶名：書虫股份有限公司
E-mail：service@readingclub.com.tw
香港發行所——城邦（香港）出版集團有限公司
香港 灣仔 駱克道 193 號超商業中心 1 樓
電話：(852) 2508-6231 傳真：(852) 2578-9337
馬新發行所——城邦（馬新）出版集團
Cité(M) Sdn. Bhd. 41, Jalan Radin Anum,
Bandar Baru Sri Petaling, 57000 Kuala Lumpur, Malaysia.
電話：(603)9057-8822 傳真：(603)9057-6622
商周出版部落格——http://bwp25007008.pixnet.net/blog
政院新聞局北市業字第 913 號

美術設計——王秀惠
印　　刷——卡樂彩色製版有限公司
總 經 銷——聯合發行股份有限公司 新北市 231 新店區寶橋路 235 巷 6 弄 6 號 2 樓
電話：(02)2917-8022 傳真：(02)2911-0053

■ 2003 年（民 92）05 月初版
■ 2021 年（民 110）12 月 29 日 2 版 3 刷
■ 定價 / 199 元

ISBN 978-986-272-853-6

Printed in Taiwan
城邦讀書花園
www.cite.com.tw

廣　告　回　函
北區郵政管理登記證
台北廣字第000791號
郵資已付，免貼郵票

104 台北市民生東路二段 141 號 9 樓
城邦文化事業（股）有限公司
商周出版 收

請沿虛線對摺，謝謝！

Goosebumps
雞皮疙瘩

商周出版

書號：BG7049　　書名：木偶驚魂　　　　　　　　編碼：

商周出版

讀者回函卡

謝謝您購買我們出版的書籍！請費心填寫此回函卡，我們將不定期寄上城邦集團最新的出版訊息。

姓名：＿＿＿＿＿＿＿＿＿＿ 性別：□男 □女

生日：西元＿＿＿＿年＿＿＿＿月＿＿＿＿日

聯絡地址：＿＿＿＿＿＿＿＿＿＿

聯絡電話：＿＿＿＿＿＿＿＿＿＿傳真：＿＿＿＿＿＿＿＿＿＿

E-mail：＿＿＿＿＿＿＿＿＿＿

學歷：□1.小學 □2.國中 □3.高中 □4.大專 □5.研究所以上

職業：□1.學生 □2.軍公教 □3.服務 □4.金融 □5.製造 □6.資訊 □7.傳播 □8.自由業 □9.農漁牧 □10.家管 □11.退休 □12.其他＿＿＿＿＿＿＿＿＿＿

您從何種方式得知本書消息？
□1.書店 □2.網路 □3.報紙 □4.雜誌 □5.廣播 □6.電視 □7.親友推薦 □8.其他＿＿＿＿＿＿＿＿＿＿

您在哪裡購買本書？
□1.金石堂（含金石堂網路書店） □2.誠品 □3.博客來 □4.何嘉仁 □5.其他＿＿＿＿＿＿＿＿＿＿

您喜歡閱讀的小說題材是？
□1.浪漫 □2.推理 □3.恐怖 □4.歷史 □5.科幻/奇幻 □6.冒險 □7.校園 □ 8.其他＿＿＿＿＿＿＿＿＿＿

您最喜歡的小說作家？
華人：＿＿＿＿＿＿＿＿＿＿ 國外：＿＿＿＿＿＿＿＿＿＿

最近看過最好看的小說是哪一本？
＿＿＿＿＿＿＿＿＿＿

Goosebumps®

Goosebumps®